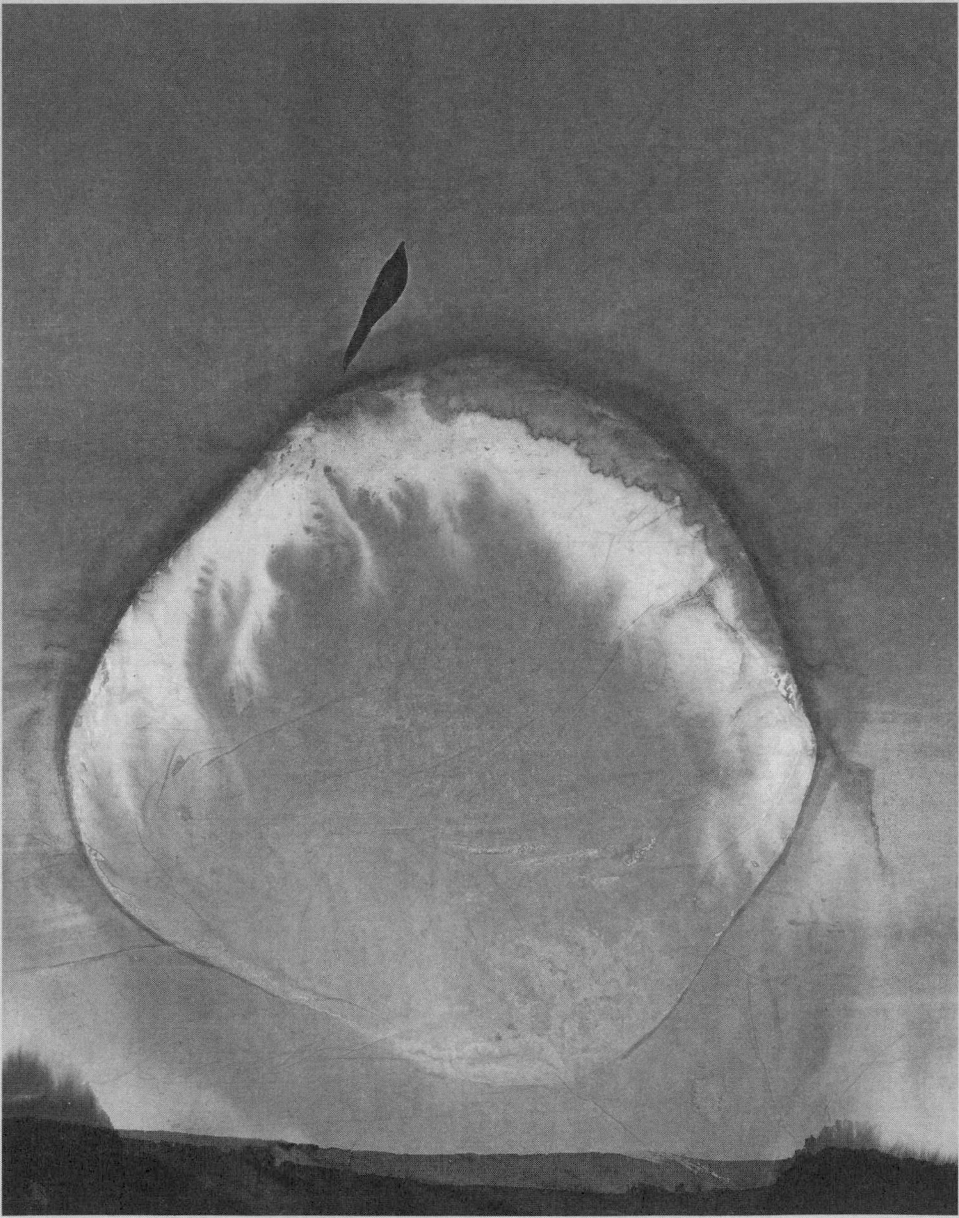

逍遙如鳥

高行健作品研究　楊煉──編

編者序

楊煉

所有無人　回不去時回到故鄉
說出　說不出的恐懼
這是從岸邊眺望自己出海之處

二〇一〇年一月四日是高行健七十歲生日。這一天，一群旅居海外的中文作家朋友，以及從不同國家專程飛來的譯者研究者們，假倫敦大學為他舉行慶賀活動。我的發言，以上面那三行詩開始。選擇它們，是因為這短短三行裡，涵括了當代中文作家從生存到寫作的精神里程。第一句濃縮流亡的兩個層次：當肉體回不去故鄉，精神上卻銜接了古往今來一切漂泊者。第二句把握思想和創作的內在動力：面對難以說出的恐懼，必須堅持去說，直到「立言」本身成為言之真意。第三句完成一種綜合：我們從現實到文學的四海漂泊，其實是一場不間斷的內心之旅。其景象，猶如一個人站在岸邊峭崖上，眺望自己乘船出海。那個地平線上的遠方不在別處，正在他（她）的自我之內，把每天人生的風雲變幻，納入一個不停拓展的精神縱深。高行健的創作，令這一生命定位歷歷在目，同時也給當代中文文學指出了一種境界、一個高標。那隻鳥，哪裡僅僅呻吟無根的苦楚？他的根——我們的根，從來帶在飛翔的體內，變被動的漂泊為主動的遨遊，盡情盡興無界無涯，堪稱逍遙，堪稱幸福！

給一位哪怕深受自己尊敬的作家朋友「祝壽」，總讓人略感侷促。因為非親非故，加上大陸背景的影響，別人不說，自己也會覺得這個舉動帶點「官味兒」。即使為人、為文純正悠然如高行健，平時暢談人生創作，一無掛礙，但說到慶生，心中首先泛起一串問號：第一，為什麼慶？只因為他是首位華人諾貝爾文學獎獲得者？如果那樣，他功已成名已就，何須吾等錦上添花？第二個問題接踵而來：怎麼慶？羅列履歷評價榮譽？來一番高雅的吹吹打打？倘如此，這「日子」有何與眾不同？我們慶祝它，除了對老高一人，有什麼更深刻廣闊的意義？

同樣刺激的提問是：高行健的七十歲生日，確實與眾不同。他這七十年，猶如一隻小船，鑽過的是中國歷史上、文化上最汙濁血腥的驚濤駭浪。五四一聲「全盤西化」，開國人對自身傳統草率摒棄之先河。由蘇俄輸出的「國際共運」，又搶占歷史進化的制高點，把任何獨立思考滌蕩殆盡。他降生的一九四〇年，中日戰爭的烽煙裡，「救國」群情已常常混淆甚或覆蓋「救人」的冷靜（想想胡適先生關於「主義」和「問題」的微弱呼籲吧）。可歷史從不留下反悔的機會。他九歲時，一定也瞪著眼睛，跟在敲鑼打鼓的隊伍後面慶祝過「建國」。十九歲時，卻已經品嘗過出身異類和家有「右派」親屬的苦味。二十九歲，「文革」開場時像正劇、高潮中如喜劇、水落石出無非鬧劇，一場噩夢已經在書寫那部《一個人的聖經》了。八〇年代大陸文化反思中，他用《彼岸》向自我深處追問；八九年天安門屠殺發生，他用《逃亡》攥緊人生無路可逃的絕境。九〇年代以來，大陸受控的權貴市場經濟，迷惑國人也迷惑了世界。一個人得有怎樣的定力，才能不為這個詞義徹底分裂、且無視自相矛盾的世界所動，而堅持做一個「主動的他者」，拒絕任何意義上的隨波逐流？高行健的七十歲，確實值得慶賀。因為他用一個活生生的例子，證明在當今中國語境下，保持人格的完整、思想的健全是可能的。他這隻小船，沒在激流中傾覆，在礁石上粉碎，或在安寧中腐朽，有幸運，更因為清醒。正是這自覺，不僅創造了璀璨的文字，更把他整個人生錘鍊成一部傑作。由是，二〇一〇年一月四日，當朋友們聚集到倫敦，心中真正的慶典是：朝向一種獨立思想的禮敬。

基於這個想法，我們在倫敦舉行的，與其說是一次生日慶賀，不如說是一個「思想─藝術項目」：以高行健藝術為貫穿線索、對中國和人類當下處境深刻反思。我不得不說，我在世界上參加過無數文學節、藝術節，但這次活動，是令我最為心動的一次。請想像，華人第一位諾貝爾文學獎獲得者的七十誕辰，沒有中國的官方、沒有法國的官方──沒有任何官方──出面，就那麼幾個相識已久的老朋友，在幾乎全無經費（除了倫敦「華商報」、獨立中文筆會、作家張戎的合計一千來英鎊贊助）的情況下，純粹私人聯絡，私人出錢出力，「半地下」地把仍在聖誕假期宿醉未醒中的倫敦大學，變成了一個藝術盛會。我們是把它當作一首詩來構思、當作一件作品來精心完成的。

從這裡匯集的節目資料可以看到：兩天的活動，既嚴肅又絢麗。倫敦大學校長的致辭，關於高行健思想藝術的專業研討會，朗誦他的最新劇本《夜間行歌》，高行健水墨繪畫大螢幕投影展，特別是集中放映三部高行健的電影：《洪荒之後》，《側影或影子》，《八月雪》（高行健編導、臺灣國家劇院演出的紀錄片），或許是世界上首次聚焦於他這一類相對不為人知、卻同樣特立獨行的創作。活動的地點，選在倫敦大學的布魯涅畫廊劇場，連續兩天，三百餘人的場地座無虛席。觀眾華洋參半，問答漢英疊加，台上台下一片交流互動。我的感慨也來自這裡：誰說這世界不需要思想？恰恰相反，在空話假話一統天下、思想極度匱乏的今天，每個人潛意識裡最為飢渴的正是思想。一枝藝術家的筆，只要能探入生命幽邃的痛處，就一定能喚起深藏的激情。倫敦曾經以「難懂」為由謝絕過老高劇本的劇場經理們，真該來這個活動看看，體會感動，也體會一點兒遺憾。

呈獻給讀者的這本書，就是上述「思想─藝術專案」的一個紀錄。作為老高七十歲賀壽活動，這是一個小結。而作為在藝術家追問中必須反思自身的中國與世界，這只是一個開端。說到底，高行健是一個具有普遍意義的當代文化案例。他不僅僅在指點我們，一個中國藝術家的成功之途是什麼？相反，他恰恰在告誡，一個藝術家最根本的成功，正在於不追隨任何現成的「途徑」，無論那來自中國的物質誘惑，還是西方異國情調、「政治正確」的說辭。這本書裡的文章作者們，有完全不同的經歷和背景，無論是和老高一樣經歷過文革又經歷過流亡的中文作家，或純然從藝術角度研究他的著者。真誠地面對內心，不虛張不矯飾。純粹地面對藝術，不奉迎不媚俗。藝術的境界，從來是藝術家自覺把自己寫至俗世「受不了」的地步，由此獲得的孤獨，才配得上高貴一詞。今天中國的文化生態，就是這樣一個「俗世」。但它遠比冷戰時的意識形態之爭嚴酷，因為口號之外，它更通過全球化的利益貪欲，腐蝕著脆弱的人性。直至把大多數「文學藝術」，也變成空洞現實的無聊裝飾。當我們的眼睛滑過那麼多詩歌、那麼多繪畫、那麼多「藝術」，心底卻冒出一句「可有可無」的評價，我們不得不自問：什麼是今天詩歌存在的理由？事實很簡單，比可見的經濟危機可怕得多的，是滲透世間人心的思想危機。利益硬通貨，在「共產黨」和資本主義間暢行無阻時，我們唯一能做的，或許只能是「冒天下之大不韙」，堅持一種個人的美學反抗。不過，可別把這理解為顧影自憐。此一舉，其實是找回了一個精神血緣，遠銜屈原、杜甫，近接卡夫卡、喬伊斯，並和五〇年代蓬勃於臺灣的第一次中文大規模流亡文學一脈相承。一件件作品中，只見人性之高潔、詩歌之超越，而何哀之有？

真誠和純粹，換個古典的說法，就是「修身」。每一個人，經由生命和作品的本質合一，持續賦予中文傳統以高度創造性。高行健以自己的思想和創作，激起這長河中一朵璀璨的浪花。朋友們為他舉行的賀壽活動，在熱切肯定他所秉持的精神原則。現在，這本書出版，則是以另一個形式，讓這次思想和藝術的慶典，在讀者中延伸。此書最後截稿之際，高行健發來他今年赴台訪問的演講大綱，題為〈走出二十世紀的陰影〉。他開宗明義，指出這些思考，既源於文學，又遠不止於文學。而是通過對「深度」的追求，重建人和文的根本聯繫。「從二十世紀的陰影走出來，回到人和人性。」一語破的，他反思的是包含中國在內的一條歷史彎路：強迫人屈從某些大而空的觀念，經由切斷人性活生生的感受，而終於徹底取消了人。這解釋了站在二十世紀的終點，我們親見的人性和文化的滿目貧瘠。也因此，壯哉「走出陰影」！他這篇歸納一生思考的大綱，堪稱一篇最佳的「生日感言」，給朋友們一個熱情的回答。他證實了自己的話：「認識再認識，永無止境。」這正是小到一個人、大到一個文化的生命本義。再一次，我想到他那首詩〈逍遙如鳥〉。茫茫天際，外在更內在，他說：「往昔的重負／一旦解除／自由便無所不在」。是的，正是這個詞：自由。浩浩七十年，雲煙掠過。

心存此念，則永遠「僅僅是隻鳥／迎風即起／率性而飛」。這樣的人，蒼老乎？青春乎？鬱鬱蔥蔥，下臨無地——

何其心熟乃爾！這不就是當代版的「飄飄何所似，天地一沙鷗」？

於倫敦

目次

輯三：高行健的藝術風景　125

附錄：祝賀高行健榮開七秩　181

輯一　我見高行健

你帶著母語離開你的祖國

文／馬悅然
譯／萬之

尊敬的國王陛下、王室成員、女士們和先生們，

高行健的文學成就包括十八部劇作、兩部長篇小說和收在一個合集內的短篇小說。高行健生於一九四〇年，他的作家生涯早在二十世紀六〇年代就已經開始。如果不是中國文化大革命中的生活狀況迫使他燒毀上世紀六〇年代、七〇年代的所有手稿，他的產量當然還要大得多。在八〇年代，他對中國戲劇與小說的結構及功能的理論討論也有非常重要的貢獻。他的作品開拓了新的領域，既涉及文學作品形式和結

構，也關係到文學作品的心理基礎。

長篇小說《靈山》（一九九〇）是二十世紀中國文學中最傑出的作品之一。在這部小說中，除了其他方面之外，高行健還處理了一種生存的困境：不論男人或是女人，都強烈要求找到孤獨帶來的絕對獨立性，而人又渴望「他者」可以提供的溫暖和友情，這兩者之間會發生衝突。同時，這種讓生活豐富起來的人際關係還是會威脅個人的人格，而不可避免地以某種權力鬥爭而告終。

這位作家對於一個政治支配一切的社會中人的異化狀態感知真切，使得他在上世紀八〇年代早期就深入到中國西南和南方那些隔絕隱祕的地區漫遊求索。那裡依然存在原始文化的痕跡，有古老的巫術儀式和道家雜說。在他對這些文化的描繪中又充分融合了天方夜譚似的故事，精彩絕妙繪聲繪色，讓讀者想到傳統說書人的拿手節目，而他也嘲弄刻板的儒家教條和馬克思主義意識形態，譴責這些教條對服從和整齊劃一的苛刻要求。

在作者走向靈山的朝聖之旅中，他希望找到有關生活意義和人類狀態的絕對真理，而作家的自我忍受著孤獨的折磨，被迫創作出一個「你」，一個自身的投影，而這個投影反過來也被同樣的孤獨擊中，又創造出一個「她」。在這部小說中出場的眾多第三人稱的人物，都像是作者自我的投影。在這些代詞性投影的幫助下，作者就能夠在一個寬廣的範圍內考查個人的人際關係及其帶來的後果。

高行健自己將長篇小說《一個人的聖經》（一九九九）看作《靈山》的姊妹篇。這是一部自白式作品，將自己在中國文化革命中所扮演的三種不同角色做了不留情面的披露：一個是造反派領袖的角色，一個是犧牲者的角色，一個則是沉默的旁觀者的角色。作者在此使用代詞「你」和「他」來分辨不同程度的異化狀態：「你」代表在流亡中的彼時此時的作家，而「他」處在文化革命如火如荼的中國的彼地此地的作家。小說的框架章節描述作家在流亡中的生存片段，和那些處理文化革命中不同角色的片段一樣，據實敘述、昭示個人經驗。正是這樣的框架章節，能夠讓作家對人類生存意義、對文學性質和作家創作條件提供個人見解，而首先是對記憶的重要性以及作家現實觀察之想像的重要性提出自己的看法。

高行健作為戲劇家也非常活躍而深具開拓意義，其創作基礎是上世紀八〇年代前期他在北京人民藝術劇院擔任藝術指導、戲劇導演和編劇，此劇院當時被認為是中國最具前衛性的戲劇舞臺。高行健的戲劇以原創性為特點，並不因為他受到現代西方戲劇薰陶和傳統中國戲曲影響而減損這種原創特色。作為戲劇家，他的偉大在於他的創作方式，能成功地使得原本完全不同的戲劇元素更加豐富，並揉合成全新的戲劇作品。

親愛的高行健：你不是兩手空空地離開你的祖國的。你在離開中國，您的真正而實在的祖國的時候，你隨身帶著您的母語，你總是眷顧你的母語。我非常高興地代表瑞典學院向您表示我們最熱烈的祝賀。我現在請你從瑞典國王陛下的手中，領取本年度的諾貝爾文學獎。

（瑞典學院院士馬悅然在二〇〇〇年諾貝爾頒獎典禮上，介紹文學獎得主高行健。）

高行健：當代世界精神價值創造中的天才異象

劉再復

二〇一〇年一月四日，是高行健七十壽辰的日子。我在遙遠的東方向他表示熱烈的祝賀，但不是用空話祝賀，而是用簡潔的語言概說他的成就與貢獻。作為和他一樣在長江黃河土地上生長起來的同齡人（我僅比他小一歲），我一直為他而驕傲，衷心敬佩他。從一九八一年觀賞他的戲劇《車站》開始，近三十年來，我多次因閱讀他的作品而徹夜不眠。他的作品是那麼冷靜，他對世界是那樣冷觀，可是，我閱讀後則常常激動不已，而且多次受到震撼，為什麼會產生這種閱讀效果？我至今還沒有完全想明白。但有一點我已想明白了，高行健是在我的同一代人中出現的一個天才，一種精神價值創造的「異象」，一種超越時代的「個案」。以往常聽說，作品與人才是時代的產物，我不完全同意這種論點。我認為，天才完全是個案，例如曹雪芹，他所處的時代正是黑暗的滿清雍正、乾隆文字獄最猖獗的時代，然而，恰恰是這個時候誕生了中國最偉大的文學作品《紅樓夢》。高行健也是一個在本沒有路可走而走出廣闊的創造之路的天才異象，而且可以說，他是一個被瑞典學院首先發現但還沒有被他的祖國與人類世界充分發現和認識的天才異象。下邊，我想對這一判斷作些概括性的說明，即概說高行健所完成的幾項業績。

第一，扎根中國文化，對中國文化作出卓越貢獻；又超中國文化，創造具有普世價值的人類文化新花果。

高行健首先是一位用漢語寫作的中國作家。他的血緣是中國的，最初的文化積累也來自中國。從我認識他的第一天，即八〇年初的一天，就聽到他講《山海經》和莊禪文化，就為他的如此豐富的中國文化底蘊而驚訝。三十年後，我回顧他的創造歷程，便清楚地看到他對中國文化的三大貢獻：

(1)通過《靈山》，展示了中國非正統、非官方的、鮮為人知的另一脈文化，這是中原儒家文化之外的，常被忽略的隱逸文化、民間文化、道家自然文化與禪宗感悟文化。以往中國學者雖然對此脈文化有所研究，但沒有一個人能像高行健這樣，通過活生生的意象呈現出此脈文化的豐實血肉、生動氣息和不朽的活力。

(2)通過《山海經傳》，重新展示中國遠古神話傳統的精彩風貌，復活了幾乎被遺忘的中國原始文化體系。以往也有學者對《山海經》進行學術性尤其是考證性研究，但沒有人像高行健如此用完整的戲劇形式（近八十個神話形象）呈現中國這最本真本然的文化。《山海經傳》是高行健對中國文化基因作了一次充滿詩意的覽閱與評價，它提供了中國原始原型文化的一個形象版本。

(3)通過《八月雪》把中國禪宗文化精神內核推向人類精神的制高點，讓禪的精神光輝在當代世界中再次大放光彩。在《八月雪》中高行健破天荒地把慧能作為思想家加以呈現。這位偉大的思想家披著宗教的外衣，卻完全打破偶像崇拜，以覺代替神，創造了相對於基督救世體系的另一種自救真理。不僅如此，慧能還在思想史上創造了無須邏輯的思想可能和無須他者幫助而贏得自由（得大自在）的可能，從而把禪文化展示為一種世所沒有的獨特思想文化創造，使一千年前產生的中國禪完成了一次現代的轉化。加上此劇使用京劇傳統演員，在形式上吸收西方歌劇的合唱與交響樂又不同於西方歌劇，從而具有現代感又不失中國的文化氣脈。

高行健這三個貢獻，是高行健為中國文化在世界贏得崇高地位而立下的不朽功勳。古希臘的「俄底浦斯王」因為不認識自己的母親最後自殘眼睛，現在中國發生的是母親不認識兒子的另一種悲劇，但我相信，中國偉大的文化最終會認識自己的天才的兒子。

此時，我要說明的是，高行健雖然扎根於中國文化，取材與創新中國文化，但他並不強調中國性，更不強調民族主義，相反，他扎根中國文化又超越中國文化，追尋的是人類普世價值。他在《靈山》、《山海經傳》、《八月雪》中探討的是人類如何在自己的心靈中找到太陽、找到靈山、找到光明之源的共同問題，在《一個人的聖經》中呈現的則是東西兩方都遇到的生存困境、人性困境。最近，我讀了陳邁平兄寫的精彩著作《凱旋曲》（香港牛津大學出版社），才知道瑞典學院諾貝爾文學獎評審委員恩格道爾特別讚賞《靈山》，認為這是世界文學中一部不可多得的「具有普遍價值」的好作品，是可以和喬伊斯的《尤利西斯》或者湯瑪斯．曼的作品媲美的，所以能超越國家和民族的界線。（陳邁平《凱旋曲——諾貝爾文學獎傳奇》第九十四頁，香港牛津大學出版社，二〇〇九版）喬伊斯的《尤利西斯》扎根於愛爾蘭文化，寫的是都柏林人的文化心理和人性困境，但它又呈現全人類共同的人性衝突和生存難題，而高行健書寫的是中國文化，觸及的卻是人類社會的種種根本問題，並且觸及得非常深刻。因此，《靈山》不僅是中國文學文化經典，而且是世界文學當之無愧的經典。

第二，立足文學創作，創造出長篇小說的獨一無二的新文體；又超越文學創作，贏得戲劇試驗、繪畫試驗、電影試驗、藝術理論探索等全方位的成功，從而為當代人類智慧活力作了有力的證明。

高行健從小說創作起步，一九八八年他作為中國作家代表團的翻譯訪問法國時，把小說處女作交給團長巴金閱讀，巴老讀完就對法國朋友說：這是一位真正的作家。從那時候起，他就開始進行小說創作。到了八〇年代末，他完成了長篇巨作《靈山》。這部長篇首先得到馬悅然教授的激賞，並翻譯為瑞典文，這部巨著創造了以人稱代替人物、以心理節奏代替故事情節的小說新文體。中國自從百年前梁啟超提倡新小說以來，作家們雖然具有小說觀念，但缺少小說藝術形式的創造意識，因此小說文體一直是「人物、故事、敘述」三者結合的模式。高行健打破這種模式，而以「人稱、心理、對話」三者結合的方式，創造了另類小說。「你、我、他」三個內在主體座標，可以展示如此豐富複雜的語際關係，可以觸及如此深刻的文化內涵和人性內涵，這是前無古人、後啟來者的大創造。馬悅然說它是「二十世紀最偉大的小說之一」，絕非虛言。

高行健立足文學，又超越文學。他的戲劇創作幾乎和文學創作同時開始又同步進行。他的戲劇創作也可以稱為戲劇實驗。十八個劇本，每一個都不同，都不重複自己。在世界戲劇史上，就精神內涵而言，他在前人（從古希臘悲劇到現代奧尼爾的戲劇）展示「人與自然」、「人與上帝」、「人與社會」的關係內容之外開闢了「人與自我」的另一重大關係，從而把人的內心狀態呈現於舞臺。這種把不可視的心相化作可視的舞臺形象，在戲劇史上是一種巨大的突破。而在戲劇審美形式上，他又把戲劇的表演性發揮到極致，讓演員兼任「角色」與「扮演者」雙重身分，演出時不是模擬現實，而是戲弄人生。通過突破戲劇規範的試驗，高行健竟然可以在觀眾面前對角色進行心理剖析，竟然可以把人的夢幻、人的沉思、人的感受、人的心理衝突統統搬上舞臺，這不能不讓人驚歎。難怪法國女作家兼導演安吉拉・威爾德諾（Angela Verdejo）要說：「高行健的戲作特別值得當作一個謎來解說……高行健為戲劇打開了一扇全新的門：以演員為中心，以傳統為根基，從當今世界的現實出發，為當代戲劇找到一個新天地。」（引自安吉拉為西班牙Cobre出版社出版的《高行健的戲劇與思想》一書的序言，中文版參見《明報月刊》二〇〇九年七月號）安吉拉・威爾德諾本身是西方的戲劇導演，說的全是內行話，她的文章中指出高行健建立的表演理論是戲劇主張的一大特點，指出揭示人內心世界的多重性和三人稱的運用是高行健戲劇作品的特點，指出劇場性和表演三重性是高行健開掘戲劇潛能的關鍵處，等等，對我啟發極大，使我明白，高行健不僅是中國戲劇的改革家，而且在西方當代戲劇平臺上，他也是一個先鋒之先鋒，前衛之前衛。如果要瞭解西方戲劇，僅知道貝克特與熱奈是不夠的，還必須面對遙遙領先的高行健。

二十年前，我對高行健的小說與戲劇就充滿信心，也對此寫過評述文字，但沒想到，他還在繪畫上獲得舉世矚目的成就。至今，他已在歐洲、美洲、亞洲舉行過六十次以上的個人畫品展覽和參覽。在拙著《高行健論》中我已說過，行健的水墨畫，畫的不是物相，而是心相；或者說，畫的不是色，而是空。他的畫不是現實的摹寫，而是心境的投射。他的畫，不僅有繪畫性，而且有文學性。所謂文學性，指的是內心的深度。要在只有黑白兩色的變幻中展示內心的深度是很難的。高行健突破這一難點的關鍵是在畫中引入中國水墨畫忽略的一種繪畫語言，即光線（中國傳統水墨畫來自書法，只有水墨佈局結構觀念，沒有光線概念）。而行健畫的光源與西方畫來自「物」不同，它來自「心」，是心相之光，不是物理之光。因此，其光是飄動不定的。行健這種「明」（光）在心裡、亮在紙上的畫法絕對是前人所無。西方的印象派繪畫雖注意「光」，但其光源來自外（物）不是來自內（心）。印象派讓繪畫回到二度空間，消滅了深度（文藝復興後的繪畫受科學技術的影響，創造了焦點因而也創造了深度），行健吸收了此派「光」的藝術又自創另一種深度，這不能不說是一種奇觀。

近幾年，高行健一面投入繪畫創新，一面又進行藝術電影創作，導演製作了《側影或影子》，進行了一次「電影詩」的試驗。有意思的是，這一試驗得到富有盛譽的義大利米蘭藝術節的熱烈肯定。今年七月，他應邀作為嘉賓參加了盛大的米蘭藝術節，該藝術節每年一度，從六月底到七月中旬，是一個文學音樂電影綜合性的國際藝術節，有上百位各國著名的作家、詩人、音樂家和電影導演應邀參加盛會。今年應邀的諾貝爾獎文學獎得主還有奈及利亞作家索因卡（Wole Soyinka）和聖露西亞詩人沃克特（Derel Walcott），以及諾貝爾和平獎得主美國作家維塞爾（Euie Wiesel）。高行健二〇〇一年剛獲得諾貝爾獎文學獎就已經應邀出席過，這次再度邀請，由高行健本人朗誦了他的法文詩〈逍遙如鳥〉並專場放映了他的影片《側影或影子》，觀眾反應十分熱烈，該藝術節為表彰他全方位的藝術成就，向他致敬，特別頒發給他獎狀。米蘭藝術節給高行健頒獎的頌詞如下：「**對於二〇〇〇年諾貝爾文學獎得主，**

《靈山》、《一個人的聖經》和《給我老爺買魚竿》這些真正傑作的作者高行健來說，全能的藝術家才是唯一確切的稱謂，他既在自我內心的深處探幽，又在他的故鄉曠漠無垠的自然中跋涉，他豐富多重的想像，跨越東、西方文化，成了我們這『後革命』時代現實的標誌。他不僅是一位作家，也是詩人、文學批評家、劇作家、畫家和導演，正是米蘭藝術節理想的嘉賓。他作品豐富細緻的表現力和語言的感染力，以及他的學識，恰恰是我們藝術節一直熱切追求和堅持的主要目標。高行健最近還投入電影創作，在他精彩的影片《側影或影子》中，透過一個個如夢的畫面，可以看到他創作的漫長旅程。米蘭藝術節今天要向這位真正純粹的思想探索的先行者致敬，並期望他對藝術創作的執著和創造力持續不斷讓全世界的自由精神為之感動。這也是一個大寫的無限的藝術之理想。」這一頌詞點破了高行健不僅是一位作家，而且也是詩人、文學批評家、劇作家、畫家和導演，這種「全能藝術家」即全方位的精神存在，正是米蘭藝術節追求的一種人文理想，也是高行健天才異象的重大標誌。

第三，全方位藝術試驗背後的哲學思考與思想成就：既有現代感，又衝破「現代性」教條。通過文學藝術語言表達，實現了對三大時髦思潮的超越，成為另類思想家的先鋒。

二〇〇一年我在香港城市大學歡迎高行健的演講會上就說過，我對高行健的敬佩是從「他很有思想」開始的，他的思想既在《現代小說技巧初探》、《沒有主義》、《論創作》等理論形態的文章中體現出來，又在作品中表現出來。他的每一部作品，哪怕是一部小戲，都蘊含著豐富的思想。世上有兩種思想家，一種是訴諸哲學概念與哲學框架的思想家，這是從柏拉圖到康德的一類哲學家；另一類則是在文學作品中蘊含著巨大思想深度的思想家，但丁、莎士比亞、歌德、托爾斯泰等，便是這類思想家。高行健屬於後者，他的思想蘊含於意象、形象和語際關係中，其形態不是抽象的思辨，而是在創作美學導引下的具象的表述。可以說，高行健已為中國文學和世界文學提供了一個精彩的創作美學系統，這一系統包括文學觀、戲劇觀、繪畫觀、電影觀，也包括他自身豐富的創作經驗，那麼可以提問：高行健創作美學背後有沒有世界觀？我想代之回答說：沒有。高行健的創作美學，其特點恰恰是「沒有主義」，沒有意識形態，沒有哲學框架。他的美學是不依附任何哲學框架的獨立存在，因此，他不預計絕對真理和先驗世界觀。他只求認識世界（主要是指認識人的生存環境與生存條件）並不解說世界，更不叩問世界本體和終極究竟，這一意思倘若用習慣性的哲學語言表述，便是認識體大於本體論。在高行健的美學系統中，主客體常常融合為一，其認識手段與方式也完全不同於通常的哲學家，即不通過邏輯和思辨去認識世界，而是通過直覺、直觀與感受去靠近和把握活生生的世界尤其是活生生的人的存在。所以不能說這是世界觀和意識形態。如果有人硬要問高行健在沒有主義中是否也有某種主義（二〇〇五年法國普羅旺斯大學的高行健學術討論會上曾有這樣的提問），那麼，我們也不得不回答，這種所謂「主義」，只是懷疑。高行健常把懷疑作為創作動力。他懷疑老套老格式，懷疑老問題老理念，甚至懷疑人性是否可以改造及世界是否可以改造，人類社會的未來是否可知，其發展規律是否可以把握。我把這種懷疑視為懷疑精神但不稱作懷疑主義，因為這不是一種固定的意識形態原則。

高行健認識世界的獨特方式和獨特態度，使他超越了歷史學，超越了政治家預言，也超越了道德判斷；因此，他的思想便超越了當今世界還在流行的三種大思潮：

(1) 超越了二十世紀業已成為主流意識形態的泛馬克思主義思潮。這一思潮以「批判資本主義」、「社會進步」、「烏托邦理想」為核心內容。高行健跳出這一思潮，所以強調文學藝術不應以批判社會和改變歷史為出發點，僅以見證人性（包括見證人的生存環境）和見證歷史為使命。

(2) 超越了西方老人文主義、人道主義關於人的認識，揚棄文藝復興以來那種把人理想化、浪漫化的思潮，不再把人視為大寫的人，而是視為脆弱的個人。他一再説明，如果不落實到「個人」，所謂人道主義和人文理想就會變成一句空話，這種思想體現在文學藝術上，便是不滿足於老人道主義關於人的解説，便是深入到人自我內心陰暗的一面，在「觀世界」時特別注意「觀自我」，特別正視人內心那個最難衝破的自我的地獄。話劇《逃亡》和《生死界》、《週末四重奏》等一系列戲劇，充分顯示，高行健早已告別老人文主義思潮，遠離老人道主義的理念。

(3)超越了當代時髦的「現代性」和「後現代主義」思潮。高行健的作品具有現代感與先鋒性，但他從不把「現代性」作為一種價值觀與教條。他在《沒有主義》一書中指出，作為價值尺度的「現代性」實際上是一種新意識形態，其核心內容是「顛覆」二字，即顛覆傳統與顛覆前人藝術成就。「後現代主義」則把「現代性」極端化，用「造反」代替建設，用解構代替建構，用觀念代替審美，用批判代替藝術。高行健指出這是一種發端於尼采的時代症，他的《另一種美學》對此作出了極為深刻的批判。正是對後現代主義思潮具有清醒的認識，因此，高行健在不斷試驗、不斷創新的時候，對於過去的文化藝術傳統，從未簡單否定，更不當造反派。他只是用另一種眼光審視傳統，理解前人抵達的制高點，然後尋找潛藏的機制和再創造的可能性。即不是從外部去顛覆去另起爐灶去給藝術重新命名，而是從內部開掘新的生長點與發展點。高行健創作美學中所表明的這些思想極為深刻和寶貴，他倒是真正提供了一種文學藝術創造的「新方向」。

高行健今年七十歲，實際創造的時間只有三十年，但在三十年中，他卻做了這麼多充滿靈魂活力的大事。人的一生很短，能完成其中一件事就不簡單，能在戲劇上創造出幾個戲或在繪畫上有些革新就不簡單，但高行健卻在如此諸多領域中同時做了這麼多大事，而且完成得如此輝煌，這不能不說是了不起，不能不說這是一種天才異象，今天，我們能面對這種異象、討論這種異象，說明我們還沒有遠離真，遠離美，說明還有真愛文學藝術的心靈在。我以上的概說，作為心靈的禮物，贈給行健兄，也獻給參加慶祝會的朋友們。

於美國科羅拉多

「一」以貫之的文學之道

——解讀二〇〇〇年諾貝爾文學獎得主、法籍中文作家高行健

陳邁平

瑞典學院的頒獎詞：「因為其作品的普遍價值，刻骨銘心的洞察力和語言的豐富機智，為中文小說藝術和戲劇開闢了新的道路。」

文學是不寫明收信人地址的信件

二〇〇〇年，新千年初始，瑞典學院就宣布把諾貝爾文學獎授予法籍中文作家高行健，好像是一石激起千層浪，一塊諾貝爾獎章扔進中文世界的大海裡也是波瀾四起。喜極而泣者有之，拍手稱快者有之，而批評詬罵之聲也不絕於耳。有人悻悻然說他不夠有名，有人憤憤然說他的作品只是二三流水準，還有人說他只顧個人而不問中

國百姓疾苦，不夠諾貝爾遺囑定下的理想標準，還有人因此給瑞典學院遞交抗議信寫退稿信，指責瑞典學院給高行健發獎背棄了諾貝爾理想，似乎他們比院士們更加高明，更理解諾貝爾理想。還有人指責瑞典文學院有「不可告人的政治目的」，甚至有官方報紙刊文提出瑞典學院應該「改革」，全不顧忌這才是「干涉內政」。還有個別歐洲漢學家如顧彬等諂媚權勢者，自己是不折不扣的政客、投機分子，只懂得用政治解讀文學，卻能信口雌黃，甘當權勢者的應聲蟲，在對高行健其實一無所知的中國大學生面前詆毀這位作家。這種情景真如一幅絕妙浮世繪。

我無意參加任何爭論。雖然長居瑞典，也認識幾個瑞典學院院士，還參與了這次新聞公報的中文翻譯，瞭解一點點內情，卻不敢妄充解釋諾貝爾遺囑精神的權威或者研究諾貝爾文學獎的專家。我以為對各種批評的最好回應，其實還是應該來自瑞典學院。所以那年的十一月我曾經去找瑞典學院的常務祕書賀拉斯．恩格道爾作了一次訪談，讓他再詳細介紹一下瑞典學院給高行健頒獎的理由和想法。瑞典學院十八位院士，不設院長，院士一般每週來開會一次，平時可以不來，而擔任常務祕書的院士主持日常工作，一般任期為五年，連選可以連任。在近百年的諾貝爾文學獎評選工作中，常務祕書和一個評選小組負責初選和複選並提出最後交全體院士投票的決選名單，通常也是每年的頒獎詞和新聞公報的起草者，因此在整個評獎過程中是個舉足輕重的關鍵人物。

恩格道爾原來是斯德哥爾摩大學文學系博士畢業的，是文學評論家、作家，還能流利地說多種外語，在瑞典文學界屬於才華橫溢的後起之秀。他也因為文學觀念標新立異而一度備受爭議，他的博士論文是論瑞典浪漫派文學的，因為離經叛道第一次答辯時竟未被文學院院長接受，後經多位教授力保才得以過關。我和恩格道爾一九九〇年就認識了。那年北島和我籌備在海外重新出版中文文學刊物《今天》，請了十來位流散海外的作家到北歐來開會，其中也有高行健。有一天上午是我們中文作家和瑞典作家舉行長桌會議對談，來了十來位瑞典作家，其中有幾位就是瑞典學院院士，包括馬悅然先生，也有恩格道爾這樣的年輕新秀。那個時候當然想不到數年之後，一九九七年，恩格道爾也入選為院士，而且兩年之後的一九九九年就當了常務祕書，而又過了一年即二〇〇〇年，也就是我們那次長桌會談的整整十年之後，是由他宣布給當時會談的一位中文作家頒發諾貝爾文學獎。是否當年的長桌會議就為十年後的結果留下了伏筆，除了翻譯推薦高行健的馬悅然先生之外，是否在場的院士們和恩格道爾當時就已經對高行健留有深刻印象，那就不得而知了。

我對恩格道爾的訪談後來發表了，篇幅還不短，涉及了很多方面的問題，包括文學和政治的關係，對中國文學、中國作家的一些看法等等，也不必在此全文引用。有關瑞典學院出於「不可告人的政治目的」頒獎的說法，其實只提一點也就足以駁斥了：從政治角度來說，熟悉當代中國政治情形的人都知道，高行健是從不介入政治活動的，而詩人北島的政治符號意義更為明顯。北島詩歌作品也幾乎都翻譯成了瑞典語，多年來他得獎呼聲非常高，如果瑞典學院出於政治目的，且不是更應該選擇北島嗎？

有意思的是，恩格道爾非常清楚地解釋了頒獎詞中所說的「普遍價值」。當時我問過他，有人批評他們違背了諾貝爾遺囑的精神，那麼瑞典學院對諾貝爾遺囑中所說的「理想傾向」的作品如何解釋，是否也有了新的不同的解釋，恩格道爾很乾脆地回答說：

「我們現在確實有不同的解釋。什麼是『理想傾向的作品』，在不同的歷史時期一直有不同的解釋。最早是簡單地解釋為非唯物主義的講究道德理想的文學，後來又解釋為一種廣為流傳的、有眾多讀者的文學。再後來又強調作家的前衛性和天才，特別是上世紀四、五〇年代。到了七〇年代又曾重新強調過道德，強調作家的責任和義務，關注人權等等。現在我們是從一個不同的角度來解釋的，這個所謂『理想傾向』的『理想』，在我們看來，就是文學本身，就是文學本身的理想。文學可以成為不同文化間的橋梁，使人類互相之間有溝通的可能。事實上，好的文學作品就像沒有寫明收信人地址的信件，它不是固定給一個人看的，而是可以送到任何人的手裡，給任何人看的。作家可以從自身的文化背景出發，而又走向讀者走向他人，而能走多遠，你永遠也不知道。就是在很遙遠的天涯海角，一個好作品也總會有新的接受者。」

「不寫明收信人地址的信件」，這真是一個很好的比喻！恩格道爾特別強調他對《靈山》非常讚賞，認為這就是世界文學中一部不可多得的「具有普遍價值」的好作品，是可以和喬伊斯的《尤利西斯》或者托瑪斯．曼的作品媲美的，所以能獲得包括法國和北歐在內很多讀者的認同，能超越國家和民族的界線。我確實想不到他有如此高的評價。他還說：「我認為諾貝爾遺囑中的『理想傾向』就是這個意思。關於這個問題，我可以給你看一篇我的文章。這是兩個星期前我在法國巴黎一個公共圖書館的講演稿，是用法語寫的。我在文章裡詳細介紹了我這種解釋的由來。我提到了文學史上的史達爾夫人、歌德、史萊格爾等人的理念，正是這些作家的理念構成的文學傳統成為諾貝爾所要褒獎的文學的『理想傾向』。如果用這種『理想傾向』的解釋來做評選的標準，應該得獎的作品就是那種有『普遍價值』的，這種標準就能適用於地球上的廣大地區。我希望你在你的文章中替我強調這一點，這非常重要。這種意思在我們給高行健的頒獎詞中也已經體現出來了。」

藝術之道「一」以貫之

恩格道爾最讚賞的是高行健作為作家的獨立人格，不屈服於任何意識形態和國家話語，也不屈從任何群體壓力和政治運動，包括不屈從於某種「善意」的高調和口號：

「正如屬於他個人經驗的自傳性作品《一個人的聖經》中的人物，高行健有個人見解，不媚俗，不隨波逐流。他的寫作只追求文本的真實，盡可能地展現這種真實，而不考慮為了某種政治理念改寫自己的文本。即使這種理念是正面的、善意的、好的、很多人接受的，他也不人云亦云。他就像他的劇本《車站》中的那個人物，那個沉默的人。當多數的群眾等待的時候，他一個人轉身離開了。一個人有權利走開，站在外面，這個人行使了這種權利。這種姿態常常會引起專制統治者或者其他人的強烈反應，其實，很多專制統治者更害怕這種姿態，因為不便於他們控制，而其他群眾也不理解……」

人生之道是追求獨立人格，藝術之道也就追求獨立風格。恩格道爾讚賞高行健的寫作不是使用一個現成的人人使用的「寫作程式」，就像現在人們的電腦中普遍使用的那種寫作程式，高行健總是不斷開拓而有所創造。當別人以為前面沒有路可走而轉身返回的時候，他卻繼續前行，走前人沒有走過的路，而這正是獨立人格在文學藝術上的體現，也就是頒獎詞讚揚他為中國文學和戲劇開闢了新的道路。

恩格道爾特地向我介紹了那年十二月將要舉行的頒獎典禮上發給高行健的獎牌。諾貝爾文學獎的獎品，除了獎金、獎狀、獎章之外，每年還請一位藝術家專門設計製作一塊特殊的獎牌，是獨一無二的獎品。給高行健的獎牌是瑞典藝術家布・拉森設計的：在一塊軍服綠的銅質底板上有成行成列的紅色星星，而中間鏤空，是中國傳統楷書「一」字形狀。恩格道爾解釋說，這象徵一個人通過文字從權力中走了出來，而且在權力中找到了一個洞，一個屬於個人的空間。「這也就是高行健作為一個個人讓我自己非常欣賞的地方。能夠這樣獨立不羈，是成為一個優秀作家的條件。」

我也很欣賞這塊諾貝爾獎牌的設計，確實形象概括了瑞典學院對於高行健的理解與稱讚。獎牌上的這個「一」，就是「獨一無二」之「一」，它代表的其實不僅是一個優秀作家的條件，也是表示一個獨立獨特的個人，是這個星球上每個個體生命的價值所在，這也正是「普遍價值」的應有之義。《靈山》也好，《一個人的聖經》也好，還有高行健的眾多劇本也好，這個「一」貫穿了他的全部創作，個人獨立性和自我生命價值一直是在他的求索思考之中。他的諾貝爾文學獎演說，題目是〈文學的理由〉，而這種理由，歸結起來就是幾句話：「文學只能是個人的聲音……自言自語可以說是文學的起點……文學就其根本乃是人對自身價值的確認，書寫其時便已得到肯定……。」

個人的獨立性，自我生命價值的確認，實際上也是百年多來困惑了中國知識分子和中文作家的一個大問題。百年前魯迅發表《狂人日記》抨擊中國的「吃人」文化傳統，那個被吃掉的「人」其實就是指獨立的個人，而這個獨立的個人百年來一直還是被禁閉在魯迅《吶喊》序言中所說的「鐵屋」之中，這是當代中國知識分子或中文作家仍然不能不面對的一個問題。這百年來，當代中國知識分子或中文作家多半放棄了個人價值，而用民族救亡救國的口號，追隨暴力革命，結果是「鐵屋」依舊，而個人也沒有解放。

記得一九九三年，斯德哥爾摩大學中文系系主任羅多弼和我一起籌備了大型學術會議，會議題目就是「國家、社會、個人」，討論中國語境內的國家、社會和個人的關係問題。我們請來了世界各地很多著名學者，作家則請來了高行健和北島。有一個下午我們專門從文學角度討論這些關係，高行健、北島和我三人做了專題發言，而我們提交的論文都不約而同地強調個人的意義，高行健的題目是「個人的聲音」，北島的題目是「從個人出發」，而我的題目是「整體陰影下的個人」。

個人要走出權力的壓制，個人要走出整體的陰影，個人要走出禁閉的「鐵屋」。

高行健就是一個走出了「鐵屋」的作家。他確實像是他的劇作《車站》中那個「沉默的人」，當眾人都在等待時，已經默默走開，獨自前行。他又像是《彼岸》中的角色「那人」，拒絕做群眾的領袖，而不願意大眾跟隨其後。高行健不畏懼獨自前行，並把這種獨行解釋為「必要的孤獨」。獨自前行不僅是擺脫國家權力的控制，也是不在乎取悅大眾，更不在乎商業炒作市場熱賣，不追隨這個文學熱那個文學熱。他把自己的這種文學稱為「冷的文學」，而正是這種獨自前行的「冷的文學」，倒讓他一步步走近了諾貝爾文學獎的領獎臺，獲得了瑞典學院的熱情酬報。

二〇〇〇年，我曾寫幾篇文章介紹高行健，題目就有「走出鐵屋的高行健」，就有「冷的文學、熱的回報」。

作爲思想家的文學家、戲劇家、藝術家

很多年前我在中央戲劇學院讀歐美戲劇專業的研究生的時候，導師開出的必讀書目中有一本英語著作，書名是《作為思想家的戲劇家：現代戲劇研究》，作者是生

於英國而成名美國的戲劇家愛立克·本特里。這本書對我認識現代戲劇確實有入門的作用，也因此理解了為什麼各國戲劇家把挪威戲劇家易卜生敬為現代戲劇之父，中國現代話劇的誕生與發展也深受其影響。簡單地說，現代戲劇突出了理念的作用，強調了思想性，因此人物常常越來越抽象化非個性化，甚至不再用姓名，而只用符號代表，作為對於現代社會壓制個性的一種表述和抗議，因此與強調事件的古典戲劇和突出性格塑造的莎士比亞戲劇區別開來。易卜生的偉大，就在於他不僅是一個戲劇家，而首先是一個偉大的思想家，對於人生的、人性的、社會的、歷史的、藝術的、自然的等等各個方面的問題，都提出過深刻獨到的思想見解，不過用了提出問題的方式來構思創作戲劇，因此成為現代戲劇的先驅者。

可以說，豐富深刻的思想性是一個現代優秀作家藝術家的重要品質，這是理解瑞典學院給高行健的頒獎詞中所說的「洞察力」的關鍵。這種思想性，這種「洞察力」，常常是劃分開一流作家和二三流作家的一條分界線。有些作家或詩人在語言表達能力、抒情或敘事風格以及形式創新或運用修辭手段方面都可能很出色，但往往是因為沒有思想性，沒有深刻的「洞察力」，而不能成大氣候。

高行健本人是全面的文學家戲劇家藝術家，小說、戲劇、繪畫、電影、詩歌都有涉足，而且都有可觀的成就。中國作家中，很多人在小說藝術上或許可以和高行健一比高低，但是很少有人同時還有十幾部戲劇的傑出成就。獲得過諾貝爾文學獎的戲劇家也很多，而很少有像高行健這樣，同時能創作出色小說，而且在戲劇創作上也能兼顧戲劇的文學性和劇場性，編導兼於一身。更不用說，高行健還早就出版過了現代小說和現代戲劇方面的理論著作，最近還出版了理論更加系統完整的《論創作》，藝術實踐和理論並舉，非常難能可貴。然而高行健的精彩之處還在於他同時是一個具有「洞察力」的思想家，出版過《沒有主義》這樣的思想隨筆著作，而戲劇創作中又有明顯的哲理性，因此還有戲劇學者把他的戲劇總結為哲學家的戲劇，也有人總結為「禪劇」，而我認為，就如我們稱呼「莎士比亞戲劇」或「易卜生戲劇」一樣，當一種戲劇具有了自己的獨特品格，不妨直接稱之為「高行健戲劇」。

我在為《高行健劇作選》寫的序言中就提到過，一九三六年的諾貝爾文學獎獲得者，同樣很有思想性的美國戲劇家奧尼爾，在他的戲劇中探討過四種關係：人和上帝或者超自然力的關係、人和自然的關係、人和社會的關係以及人和他人的關係。存在主義戲劇也產生過出色的富有思想性的戲劇家，比如一九六四年獲得諾貝爾文學獎的沙特，提出過「他人即地獄」的命題。高行健在這四種關係的藝術表現上不僅有進一步發展，還深入到了第五種關係，就是人和自我的關係，甚至提出了在自我膨脹的前提下「自我即地獄」的新命題。對於個人的這身「臭皮囊」的深刻洞察，借助了東方「禪宗」的思路，而在小說和戲劇藝術上則用「我」、「你」、「他」的變換敘述方式來展現，表面描述的男女關係實際展示的正是個人和自我欲望之間糾纏不清的矛盾，所以打開了西方讀者的思路，確實能夠讓這些讀者感到「刻骨銘心」。

恩格道爾還有一種說法意味深長，我也很贊同。他說，真正偉大的作家，為自己創造出讀者，諾貝爾文學獎就應該獎給這樣的作家。很久以來，我經常琢磨他這句話的含義。我的理解是，一般作家是為了現成的讀者而創作的，為的是滿足讀者的趣味，有些高低區別也不過是低級作家滿足讀者的低級趣味，而高級一點的作家滿足讀者的高級趣味。但是，高行健這樣的作家不是為讀者創作的，他們的寫作正是從他說的「自言自語」狀態出發的，在他們的作品創作出來之前，理解他們作品的讀者還沒有產生。也只有在他們的作品先產生之後，在人們閱讀了他們的作品並且讀懂之後，他們的讀者才產生。這樣，在優秀作品的帶動下，人類的文化修養和精神境界才有新的拓展、新的提高，這就是優秀文學的意義，也是諾貝爾文學獎獎勵他們的意義。

一九四九年獲得諾貝爾文學獎的美國作家福克納曾經說過，讀《尤利西斯》這樣的作品，讀者必須首先有一種虔敬的心情。只有把商業中「買主就是上帝」的信條引入文學的人，才按照買書的讀者也是上帝的心理，敢於對自己讀不懂的作品妄加評論，卻忘記了自己首先需要文學戲劇的修養，需要對人生的體驗，甚至還需要「洞察力」，才能讀懂真正的戲劇文學作品。也只有某些膚淺的道貌岸然的中國學者，會認為高行健的作品寫的是淫亂，是「排泄敘事」。這真是和魯迅批評過的某些讀者如出一轍，這種讀者在《紅樓夢》中也只能看到「淫」字，而不知道真正可笑的其實是他們自己，是他們沒有對於偉大作品中的深刻思想的洞察能力。

巴黎明月勝故鄉

我有幸去法國參加過幾次有關高行健的活動，比如《八月雪》在馬賽歌劇院的首演式及當時的高行健作品研討會、埃克斯—普羅旺斯大學成立高行健資料與研究中心的開幕式等等。每次有發言的機會，我都要首先感謝法國。我深信，沒有法國，就不會有高行健的文學藝術成就，不會有他作為中文作家第一個獲得諾貝爾文學獎的榮耀，而這也是中文文學的榮耀。

應該感謝法國為高行健提供了必要的文化營養。高行健的幸運在於他是法語專業本科畢業，能夠熟練掌握這門優美的外國語言，於是他像是得到一個語言之泵，能從法國文化法國文學的深厚資源中抽取豐富的思想養料和藝術養料。法國是歐洲文藝復興和啟蒙運動的重鎮，是現代人道主義的策源地之一，「自由、平等、博愛」的口號深入人心，這裡有優秀作家最需要的精神資源。這裡產生的文化巨人，已經數不勝數。當中國還處在封閉的時代，高行健卻因為能看懂法文資料，可以跟蹤世界文化的最新發展，可以一直保持著開闊的藝術視野，因此處在一個前鋒的位置。文革後到八〇年代初的中國小說和戲劇，基本上還沒有脫離「社會主義現實主義」歌功頌德的「金光大道」，即使是呻吟痛苦的「傷痕文學」也沒有脫離「批判現實主義」的窠臼，戲劇舞臺上基本還是「寫實劇」、「問題劇」的老套，而高行健率先另闢蹊徑，寫出《現代小說技巧初探》和《對一種現代戲劇的追求》這樣的前衛性的創作理論著作，寫出《車站》、《絕對信號》、《野人》和《彼岸》那樣的前衛戲劇作品，並且創作出內容形式都別具一格的長篇小說《靈山》，因此瑞典學院頒獎詞讚揚他「為中文小說藝術和戲劇開闢了新的道路」，實在恰如其分，是一個不可否認的事實！

應該感謝法國為高行健提供了一方自由發揮其藝術才能的天地。上面提到高行健在中國時創作的幾個劇本，在中國演出時都遇到麻煩，要通過重重審查關卡，弄得傷痕累累，即使得以公演之後還被禁止，有的乾脆就不允許公演，只能在排練場內部演出或在審查階段就被「槍斃」了。相比之下，他移居法國之後，不論文學創作，還是潑墨作畫，或是導演戲劇，甚至製作電影，他都可以揮灑自如不受拘束不受審查不被批鬥。且不提他在巴黎和法國各地乃至世界各地已經舉辦過的幾十次畫展，也不提其他的文學作品，僅僅劇作而言，高行健到法國後至今為止已經創作了十來部劇本，都可以順利而完整地登上法國的戲劇舞臺，能夠參加著名的亞維農戲劇節，能夠進入世界戲劇仰慕的法蘭西喜劇院劇場。他的劇作還在世界很多國家演出，包括非洲和拉丁美洲劇團的演出，也從來沒有一個劇本遭到禁演。高行健在法國如魚得水，如果還在國內，大概只能到枯魚之肆去尋找他了。

應該感謝法國，也是因為法國對這位來自東方的優秀藝術家表示了應有的尊敬和理解。對於瑞典學院歷年評選諾貝爾文學獎的結果，各國文學界反應不一有褒有貶本來正常。但是對高行健得獎，中文世界的很多反應是令人哭笑不得的。一些對於文學和藝術從來沒有敬意和興趣的政客，從來不進劇院看戲的人居然大批高行健的戲劇，從來不寫文學評論的先生女士們卻開始連篇累牘地批判他的小說。

與此鮮明對比的是，法國卻用另一種熱情姿態擁抱了這位中文作家。且不說高行健得獎之後從法國總統到平民都熱烈祝賀，總統親自授予國家榮譽騎士勳章，法國世界文化學院還把他接納為院士。其實，早在一九九二年法國政府就授予他「藝術與文學騎士」勳章，表彰他的文學藝術成就；巴黎有二百多年歷史的莫里哀喜劇院一九九五年重新修繕後首演的第一部劇作就是高行健的作品《對話與反詰》。法蘭西喜劇院過去一直只上演經典劇作而從不上演還在世的劇作家的作品，連法國本國劇作家生前都沒有這種榮譽，但是高行健首次打破了這個先例，在這裡上演了《週末四重奏》。

高行健獲獎之前，他的主要長篇著作《靈山》在中文世界幾乎是沒沒無聞的，在臺灣出版幾年內也沒有賣出幾百本，實在曲高和寡。他的更新更精彩的劇作也從未有機會與北京觀眾見面。但是他在自由的世界裡獲得熱烈的響應。最早把高行健的文學和戲劇作品翻譯介紹給瑞典讀者的是瑞典學院院士、漢學家馬悅然。《靈山》瑞典文版在一九九二年就已出版，是最早的歐洲語言版本，使得這部作品很早就進入了瑞典學院的院士們的視野。一九九五年法文譯本出版後，法國文學界對這部作品好評如潮，不論左派報紙還是右派報紙，不論《世界報》還是《解放報》或《費加羅報》，都在文化版用整版篇幅報導，讚譽有加。更要感激優秀文學傳統薰陶出來的法國讀者，他們對這部作品表現出比中文讀者遠為深切的理解和誠摯的熱情，以致這本書一年內就一版再版連續六版，這在法國翻譯的中文小說中都是少有的現象。院士們自然也都是精通法文的，我想，《靈山》法譯本的成功，對於高行健最後獲得諾貝爾文學獎應該是起了重要作用的，也許就成了壓死駱駝的最後一根稻草。

我自己不喜歡都市的喧鬧而喜歡居住郊外，喜歡比較閒靜而田園如畫的氛圍，覺得這樣也利於安靜寫作。我曾問過高行健，為什麼不像很多作家詩人那樣，搬到比較幽靜的鄉間，他回答說，還是覺得巴黎好。當我自己後來到了巴黎幾次，參觀了很多博物館、藝術中心、歌劇院和劇場，也到了先賢祠拜謁那些文化先賢，當我徜徉巴黎的街頭，細細品味這個城市的文化氛圍，我覺得我開始理解高行健的選擇，也開始理解為什麼在巴黎產生了那麼多的諾貝爾文學獎獲得者，不僅百年前全世界第一位獲得諾貝爾文學獎的作家蘇利•普里多姆就誕生在這裡，之後還有多位法文作家羅曼·羅蘭、紀德、莫利亞克、沙特等等，而且還有全世界第一個獲得諾貝爾文學獎的流亡俄語作家蒲寧，還有猶太與英國混血的哲學家伯格森，有來自愛爾蘭的戲劇家貝克特……那麼，全世界第一個獲得諾貝爾文學獎的中文作家落腳此處，也是理所當然。

早在將近二百年前，歌德在與愛克曼的談話錄中就這樣稱讚過巴黎：「一個大國的傑出人才都聚集的同一個地方，在每天的交往、鬥爭和競賽裡，互相切磋彼此提高，世界上從自然到藝術各個領域的精華都成天在這裡供人公開觀賞，請你設想一下這樣一座世界大城，百年來經過莫里哀、伏爾泰、狄德羅等人的努力，已經有那麼多聰明智慧傳播在巴黎城裡，簡直在世界上找不到可以和它媲美的地方，只要這樣一想你就會明白，為什麼一個有才能的人，在這樣聰明智慧的環境中會有所作為。」

巴黎是藝術之都，而藝術在這裡不分國籍。除了上述的諾貝爾文學獎得獎作家，巴黎還熱情擁抱過無數外來的偉大藝術家，讓他們的才能在這裡大放異彩。巴黎擁抱過波蘭鋼琴家蕭邦，擁抱過西班牙畫家畢卡索，擁抱過羅馬尼亞戲劇家尤奈斯庫，擁抱過中國畫家趙無極……，這個名單可以長無盡頭，連接遙遠的過去，又通向未來。

所以，高行健定居巴黎，對人也總是說自己的家在巴黎，當然不是迷戀這裡的繁華，也不在乎這裡的喧鬧，而是這裡可以自由自在地創作。巴黎之所以是藝術家的天堂，因為它有著自由不羈的藝術氛圍，這對於戲劇家來說尤其重要。對於一個只用文字寫作的小說家和詩人來說，寫作是非常個人化的事情，只要有筆有紙，外在的自由並不十分要緊，所以普魯士的專制制度下也能誕生卡夫卡。但是對於劇作家，尤其是對於注重舞臺實踐的戲劇家來說，創作過程不是一個人可以完成的，需要表演導演、舞臺美術、燈光設計、劇場管理和具有戲劇修養的觀眾等多方面的參與，戲劇演出必然具有公眾性，那麼自由寬鬆的環境就非常重要了。正是為了這種戲劇藝術自由的環境，高行健在一九八七年就斷然出走移居法國，即使背井離鄉，即使放棄了國家劇院國家級編劇的地位，即使不再是布羅斯基諾貝爾文學獎演講辭中所說的那種權勢社會中的「人上人」，也在所不惜。

真正的文學家、藝術家必須有自由的心靈狀態，當然也追求自由的創作環境。我想，任何人都可以理解，就是一隻鳥可以選擇，也都不會選擇留在封閉的鳥籠裡，牠一定會飛出鳥籠，飛翔在自由的天空之下。高行健這種抉擇，本來純粹是一個藝術家為了維護自己藝術生命、追求藝術自由而做的選擇。這種選擇本來和庸俗的政治其實毫不沾邊，高行健本人其實也從來不涉足庸俗的政黨政治的活動。只有那些用心險惡的漢學家，帶著一種與《巴黎聖母院》中佛羅洛神父極端相似的陰暗心理，也因為自己政治賭博押寶下注的作家沒有獲獎，才用政治大棒來打擊高行健。

月是故鄉明，這只不過是異鄉人的心理寫照。而不論故鄉明月如何，人們還是出於種種目的離開家鄉，甚至飄洋過海。大多數不過是謀求生計，是追求富裕生活，倒也無可厚非。至於巧立名目、借用政治藉口、為留後路而移居海外的確實也大有人在。如今又有大批「海龜」回國，其實也並非真是喜愛故鄉明月，多半還是因為謀求生計，是追求富裕生活，或是追名逐利而已。不論離鄉返鄉，這些和以藝術為生命的人其實都無關聯。高行健選擇了巴黎，只因為這裡有著文學家藝術家的生命之歌藝術之夢不能缺少的清風明月。

事實上，一個中文作家，不論身居何處，只要繼續用中文寫作，就永遠不會離開自己的文化故鄉。馬悅然院士在頒獎典禮上這樣說道：

「親愛的高行健：你不是兩手空空地離開中國的。你把你離開時隨身攜帶的母語當作了你真正的故鄉。」

翻譯《靈山》

杜特萊(Noël Dutrait)
郭英州／譯

在一九九一年十二月巴黎七大組織的一次亞洲文學研討會上，高行健和我談起，自從保爾・蓬塞（他曾譯過高的幾齣戲劇和中短篇小說）去世之後，他就缺了法文譯者。出於一時的激情，我自告奮勇，建議翻譯高同年四月贈我的《靈山》一書。在翻譯阿城和韓少功等中國作家之後，我一直渴望翻譯高行健的作品。只看了《靈山》前幾頁，我便意識到這是一部獨特的小說，繼續翻閱若干片段，更證實了這最初的印象。

然而，我想首先解釋一下當初和行健相識的背景。一九七八年，我和妻子麗蓮娜居住在里昂，我們正著手重振法中友協，將這個原來為中國政府進行宣傳的協會，改為從事文化藝術活動的組織。一天，我們得知由巴金率領的中國作家代表團將訪問法國，先巴黎，後里昂。訪問團由巴金和其女兒李小林、孔羅孫、徐遲等人組成，隨團翻譯正是高行健。從那時起，我和高行健就一直保持聯繫，行健定期寄給我他的新作：如話劇，短篇小說和小說。

一九九二年一月起我開始翻譯《靈山》，讓麗蓮娜陸續校閱我的初稿。這是我倆從始至今的工作方式：我先完成翻譯草稿，麗蓮娜則著重法語的校核。每一處修改，我們再對照中文原文，以便定稿，最後我們朗誦譯文，試圖再創行健執著的漢語的音樂性。

這翻譯的過程中，還有第三者的介入，那就是作者本人，說著一口好法語。他給予譯者充分的自由，甚至啟發我們超脫其原文，又不斷提出灼見，並耐心地反覆審讀我們的譯稿。

在持續三年的工作中，我們分享到了翻譯的樂趣，不僅無絲毫懈怠，更從未想過放棄這艱巨的任務，然而找到一家法國出版社，希望十分渺茫。不過我們堅信臺灣聯經出版社出版的這本長達五六三頁的小說，即便在世界文學歷史上，也當之無愧為一部里程碑巨著。二十年後，我們不禁自問，是什麼理由讓我們堅定這座靈山的巨大價值呢？

首先，一翻開書的前幾頁，我們就進入一種遊記小說的風格，主人公以第一人稱來敘述，如小說開篇第一句：

你坐的是長途公共汽車，那破舊的車子，城市裡淘汰下來的，在保養得極差的山區公路上，路面到處坑坑窪窪，從早起顛簸了十二個小時，來到這座南方山區的小縣城。

小說的結束語對此回應：

我其實什麼也不明白，什麼也不懂。就是這樣。

小說末尾日期也注明為：

一九八二年夏至一九八九年九月　北京——巴黎

在這長達七年旅程的書寫中，敘述者從北京自我流放到中國滯後的山區，最後他來到巴黎，至今定居的城市。小說的結尾也暗示著這次行程不僅在時空中穿越，也始終潛藏於敘述人的精神深處，最後他感慨面對世界生命個體的極端脆弱。當時我從未閱讀過類似的中國小說，也未曾遇見如此的中國作家，對一切存在提出普遍質疑。

接著，第二章開始了「我」和「你」之間的對話，小說又進入了哲學的層面。從中文版第十二頁開始，小說的主旨逐漸清晰，讀者意識到不僅開始了歷史和地理性的遊程，也進入了不懈地尋求難以起企及的真相中。以下的段落給予我們開啟心跡的鑰匙。

你找尋去靈山的路的同時，我正沿長江漫遊，就找尋這種真實。我剛經歷了

一場事變，還被醫生誤診為肺癌，死神同我開了個玩笑，我終於從他打的這堵牆裡走出來了，暗自慶幸。生命之於我重又變得這樣新鮮。我早該離開那個被汙染了的環境，回到自然中來，找尋這種實實在在的生活。（《靈山》，第十三頁）

「我」和「你」始終在漫遊中對話，行進，其終級目標可能是「靈山」，一座「精神之山」，一座「靈魂之山」，也不乏是對真理的尋求，人性的真實，男女之間的真實，歷史的真實。如文中那段敘述者闡述的歷史性：

歷史是謊言，歷史是麵團……

隨之，文中不時浮現對事實的追憶：文化大革命中的血腥暴行，在「清除精神汙染」運動中對知識分子的鎮壓，長江三峽規劃和黃河水源汙染對環境的危害。還有在偏僻地區少數民族依存的民俗風情，遠不如漢中原文化那麼僵硬，以及文化大革命中苟存的原始信仰和民俗，這些現實都吸引著敘述者。

此外，小說情愛方面的描寫，依助高行健獨創的語言流，經常被細膩傳神地表現出來，如第二十三章：

你說你做了個夢，就剛才，睡在她身上。她說，是的，只一會兒，還同你說話來著，你好像並未完全入睡，她說她摸著你，就在你做夢的時候，她也感覺到了你的脈搏，只有一分鐘。你說是，前一剎那還什麼都清楚，感到她乳房的溫暖，她腹部的呼吸。她說她握著你，觸摸到你的脈搏。你說你就看見黑色的海面升了起來，本來平平的海面緩緩隆起，不可以阻擋。湧到面前，海天之間的那水平線擠沒了，黑色的海面占據了整個視野。她說，你睡著的時候，就貼在她胸脯上。你說你感到了她乳房鼓脹，像黑色的海潮，而海潮升騰又像湧起的欲望，越來越高漲，要將你吞沒，你說你有種不安。她說，你就在我懷裡，像個乖孩子，只是你脈搏變得急促了。（《靈山》，第一四七頁）

此小說蘊藏異乎尋常的豐富資源，足以讓我們向法國大眾推介此書，以區別當時他們習以為常的中國政治宣傳文學。

而在高行健的勉勵下，我們感覺似乎在用法語重寫一部小說，不免對若干勇於創新的譯段深感自豪，如第七十六章節結束處：

他獨自留在河這邊，烏伊鎮的河那邊，如今的問題是烏伊鎮究竟在河哪邊？他實在拿不定主意，只記起了一首數千年來的古謠諺：「有也回，無也回，莫在江邊冷風吹。（《靈山》，第五三一頁）

《Et il reste seul de ce côté-ci du fleuve, de l'autre côté par rapport à Wuyi. En fait, le problème est de savoir de quel côté est Wuyi. Il ne sait vraiment plus. Seule lui revient en mémoire une comptine vieille de plusieurs milliers d'années :

- Rentrera, rentrera pas, mais là ne reste pas. Au bord du fleuve le vent est froid.》

有些片段還充滿了純粹的詩意，如第七十七章中：

這灰色的天空同反光的水面和樹、鳥、車子又有什麼聯繫？灰色的……天空……一片水面……樹葉落光了……沒一點綠色……土丘……都是黑的……車子……鳥兒……使勁推……不要激動……一陣一陣的波濤……麻雀在聒噪……透明的……樹梢……皮膚飢渴……什麼都可以……雨……錦雞的尾巴……羽毛很輕……薔薇色……無底的夜……不錯……有點風……好……我感激你……無形的空白中……一些帶子……捲曲……冷……暖……風……傾斜了搖晃……螺旋……現在交響……大大的……蟲子……沒有骨骼……深淵裡……一只鈕扣……黑的翅膀……張開夜……到處是……急躁……火點亮……工筆的圖案……連著黑絲綢……一隻草鞋蟲……細胞核在細胞質裡旋轉……先生眼睛……他說格式……有自生的能力……一個耳垂……沒有名字的印痕……不知道什麼時候下的雪，不知道什麼時候停的。（《靈山》，第五三三頁。）

《Quelle relation y a-t-il entre ce ciel gris, l'eau et son reflet, les arbres, les oiseaux, une charrette ? Le ciel... gris... une étendue d'eau... les arbres dénudés... pas le moindre vert... des buttes de terre... tout est noir... la charrette... les oiseaux... pousser avec force... ne pas bouger... le déferlement des vagues... les moineaux qui picorent... les rameaux... transparents... faim et soif de la peau... on peut tout... la pluie... la queue d'une poule... des plumes légères... couleur de roses... la nuit sans fin... c'est pas mal... un peu de vent... c'est bien... je te suis reconnaissant... dans la blancheur informe... quelques rubans... roulés... froid... chaud... vent... penche et vacille... spirale... maintenant symphonie... énorme... insecte... sans squelette... dans un gouffre... un bouton... aile noire... ouvrir la nuit... partout c'est... impatient...un feu brillant... des motifs minutieux... des soieries noires... un ver... le noyau de la cellule qui tourne dans le cytoplasme... les yeux nés en premier... il dit que le style... a la capacité de vivre par lui-même... un lobe d'oreille... des traces sans nom... on ne sait quand la neige est tombée, quand elle s'est arrêtée. 》（p. 637-638. ）

最後再次感謝高行健寫了一部如此精彩的小說，並信任地託付給我們翻譯。

於倫敦

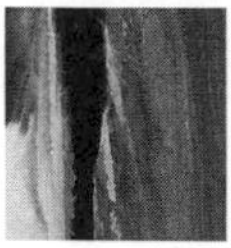

世界的盡頭

——高行健「世界的盡頭」畫展序言

貝亞塔・賴芬帥德（Beate Reifenscheid）
邱靖絨／譯

1

要去思索世界終端的意涵，思維上就得進入一個無人能定義的領域，那裡沒有可參考的經驗值，或任何確切的理解與認知存在。這樣的一個人，能夠在他的思想中動身前往該處，必定已經過長途跋涉，而他若要成功抵達，也必然唯有在度過一切喜悅、困頓與筋疲力竭之後：他必須經歷、看見並克服生命的高峰與幽谷。這條路也給予了一種見證，藉由穿越在鏡中的自身所有，即一切人類視其周身為世界的感知歷程，證實其為一段漫長的旅途、充斥某種極度艱困於其中。在此處，是一個終站，甚至大概可用滿是折磨、自我認知的終站形容，是生命的概括、存在的結語，同時也是向「非存有」（Nicht-Sein）的提問，詢問在塵世的存有之外，存在在虛無主義中缺席的可能。

這樣的「世界盡頭」是對邊陲範疇的一種抵達，標示著在倖存者與深淵，與死亡，與虛無——或是將一直不斷進入此境域的種種事物之間，一條劃分疆界的臨界線，而這條分野線比任何一邊界經驗更為絕對，且這央求一種內在的戰勝，一種可超越此界，進入一個能擺脫掉已先被預知的智識學問領域，同時不斷反身覺察正通往此邊境的那個自身。而這樣的形象極可能被視為一個預知者，並刻畫成一個在想像中迸生而出、不明確的具象來描繪。當此窗門已被大揭、洞開之際，也挑動起龐然猛暴的巨獸在寤寐沉睡中的理智，——否則就隱藏未現——，他們至多只膽敢於夢魘中以稀有古怪的面貌與形體作嚇阻與推撞之狀，那是奇想世界裡的惡念、惡形、幻象，以及如世界末日降臨場景的化身；知道只有理智能再度將一切抑制下來，然而靈魂卻持續不停地撼動著，無法再歸返於平靜之中。

這種在理智與想像之間門檻的過界與跨越，極容易讓人以該場幕作為比擬，以開啟「自身存在之外」（Ausser-sich Sein）的可能，從已知與預知者，同時滲入到未知、到想像之外另一端萌發的境域：它使疆界不再，概念上亦無法被理解、攫擒，且只能在「非可想像的」（Non-Imaginativen）最終結果的領域發生；同時它也使那些可能在思維上全然往此範疇推進事物的荒謬性，更加清晰可辨。而這意指著，思維自身之先行，而其過渡、經歷的歷程卻已然在觀察與審視之中。

2

繪畫直接傳達意識與想像力：這也意指其採用某種形式，發掘出不僅是對已意識到、可操控駕馭的形體，還包括事實上可能未被意識到、從純粹情感出發的面向，再轉化為具形象化的形式。與語言不同的是，繪畫能將幾乎不受限制的各種可能性，不斷進行翻新、表現，將可能還不被熟知的形式種類之變化，整體通盤做全新、實驗性的展現，因此可能也就無須去改變其（文義之）意涵與指涉的層面；唯一針對其嶄新的發展、演變與揭露，所需要的是解讀的技巧與方式。因此，就算這不是直接、一點也並非自發性地去進行「揭示」（ermitteln），繪畫在其整體專屬領域具有的殊異性，仍提供許多直接而立即的理解片刻，不僅是情感上、還有理智上的接收理解策略（Receptions strategien）——意使閱讀模式有新的體認與認知。有些圖像——人們曾經見過的——，總會一再出乎意料地在靈魂的雙眼之前不斷浮現，如果特定的概念、想法能招引而出與其本意在某種程度上相應合的情境。繪畫因此有絕大一部分是更為立即、直截了當、更迅速的訴諸理解與感受。——在「語言」範疇而論，語言以及其語意結構、詞源意義以及文化語境，在理解上可能會一直不斷被當作要去克服的阻礙。而語言是一抽象的體系架構，如有意想要使它們可被理解的話，就必須嚴格遵循其形式規則；要去學習一種語言，就必須去認識它的文法、句構與詞彙。當語言發展延伸了，且超越過它的自身，走向視覺的圖像，這是受傾聽與閱讀的大腦召喚而來的；然而這也可能是相當筋疲力竭的事，因為語言總是需要一個變異的層面，大體來說是需要在此層面之上被充分領會。而語言文字也可能將整個敘述故事鋪展發揮，並於時間線上或前或後跳躍，一如在非現實、想像的世界中一樣，也能在真實狀況中主導；而且它對氣味、聲音、顏色的召喚，一如其傳達人類或者生命本體的思想之刻。語言是有誘惑力的媒介，幾乎可將一切取而代之：但這並非指它可取代繪畫，或者音樂。高行健在諾貝爾文學獎授獎之際，二〇〇〇年十二月七日的演說中亦強調：「語言乃是人類文明上最上乘的結晶，它如此精微，如此難以把握，如此透徹，又如此無孔不入，穿透人的感知，把人這感知的主體同對世界的認識聯繫起來。」1

3

高行健是在眾多世界之中的流亡者：他是一個非自願、同時又是自願的流亡者，非得永遠離開他廣大且文化富足的祖國：中國。新的思想在文化大革命的旗幟中並不受歡迎，且被認為是可疑與反革命的。儘管國家在「大改造」，高行健迸發的意志歷經農村環境與粗重的農村勞動，仍沒有受到禁錮，因為這些圖像不斷在他腦海中，並且伴隨著無法遏抑的渴求、熱望；在這藉由語言與其他人進行個人溝通也成枉然的時光，要想克難度過，唯有將他個人的思想藉著語言文字，於寂靜與隱密中，貫徹不懈地記錄下來。而當下也有許多其他圖像應運而生，那是出於細微且伴隨著巨大客觀事實、同時也是充滿強烈個人意志的詩文，其乘載著語言組織，連結著具有文學性的西方文化，銜接著巨幅長篇小說，同時也有中國文化與智識學問的注入與滲透：包括神話、傳說、智慧與歷史；書寫被作為一種能倖存下來的一種策略。而書寫也是對於所丟失、消失的一切，展開的一種追尋。

高行健在一個受保護、知識分子階層的活躍家庭中成長，尤其因為母親的關係，他很早就被引導到通往演員、文學與藝術的世界。然而，政治生活卻旋即開始迅速主導著他的家庭並徹底將之摧毀；母親亦必須順從黨的召喚，一如高行健在他的長篇小說《一個人的聖經》所描述的，「她被改造思想」成為理所當然，她以僅僅三十八歲的芳齡便過世了：「當時她不僅是淹死在河邊，同時也是淹死在國家農場。」[2] 他青年時期生命中的轉捩點，即是他親身經歷了家族的衰敗：「他這一大家人不是病死便是淹死的，自殺的，發瘋的……」[3] 這個家族，他簡明扼要地提到：「太溫和太脆弱，這時代不宜生存，注定後繼無人。」[4]然而不難察覺出的是，比起大幅受到政治環境的影響，相較之下受家族遺留與牽連的要少得多；家族遭逢的往往是家族成員彼此之間的相互撕裂與折磨，而單一個體的命運於廣闊想像力與層層敘述的鋪疊之中，亦有十分醒目的描繪與呈現，同時，中國整個民族的社會與政治情況也於此可見。

高行健一直不斷藉相應情節中（沒有名字的）人物指出其蒼白的記憶與消失的圖像，而這樣的角色具有鮮明的自傳特點。深具意義的是，他的小說明確以記憶逐漸減弱的各種現象，以及消逝畫面的回想作為開端，標示出其所有人物的象徵力量，以及一道既是想像中的、對他來說也是相當真實的分界線，在陳舊與嶄新的生活之間——即他所告別的中國與法國的新生活兩者之間：「他並不是不記得他還有過另一種生活，像家中一些還沒燒掉發黃的老照片，想來令人有點憂傷，但太遙遠了恍如隔世，也確實永遠消失了。」[5]然而高行健最初的願望是要當一個畫家，讓自己到北京受完學院教育、完成學業，但是他之後首次基礎奠定——儘管違背家族的意思——卻是在南京學習的。就他來說，一直不斷接觸的是繪畫，最先指的是古典油畫，他希望自己能於此努力不懈，並且可得到評價與鑑賞。尤其在他的國家進行「改造」之下，於他而言，攝影能使畫面固定——也格外能將源自現實的狀況呈現，而繪畫在某種程度上，也可取而代之。直到一九七九年，他才首度前往歐洲旅行、抵達義大利與法國，歷史繪畫的美感與力道開啟他的雙眼，但也讓他對於是否繼續著手油畫，萌生放棄之念；接著，他轉向水墨畫，這是最古典的，也是所有中國式表達可能性之基礎，同時這也標示著流亡者在不同世界夾縫之間的一個廣大面向。一九八〇年代末，他藉著回歸中國水墨畫，表達個人對家鄉的道別，而當時他也成為了一位尋求庇護的流亡者；他首先到德國，之後是到法國，不僅是因他可於語言上運用無礙，此地也全然備妥地等待著他，並成為他的家鄉，而巴黎也就成為他新生活開展的中心。而他針對著名的「如天堂般和平之地」——天安門，就在紫禁城大門前，一九八九年發生的政治事件，當和平示威遊行的學生在此被政治當權者以及他們所尊敬的中國軍隊所屠殺，他不僅表達個體上的抗議，這樣的抗議也是基於人道邏輯上的。在繪畫上以及生活中心（包括中國與他在文學上可信賴的法國）兩端的流亡與擺盪之間，高行健尋找到一個更明確、更具有決定性的立足點；不僅中國將他正式撤銷學籍，而他本身也有此意宣稱，一九八九年之後，他便打算不再回到中國了。

4

在中國繪畫技法、宣紙與中國水墨上，這些需要藉無以比擬的軟毛毛筆表達的，也是高行健自年幼聽從母親對書寫練習的建議而習得的。[6] 寫字與繪畫，在中國文化中確實有其真正相同的素材與身體運用的處境。這不只經由漢字字形、中國文字的充滿、填入，還須經年學習，因為每個文字本身皆得如一幅畫——一個圖案——一般去理解，而語言也因此特別由視覺（抽象的）圖像產生。傳統水墨畫中，將書法看作為一種互補或者美學的並陳以整體呈現。寫字與寫景順著畫面整體的一致性發展，如此情形，至多只有在西方傳統的中世紀方有與書寫連結的展現。水墨畫以其同等要求的鬆以及高超精湛的技藝來發展，早已立基於其繪畫材料用具之中；而在流動的水墨中，非得要在一種更加明確的審視、關注之下，有時也需要匆促運筆以及於不預期中飛快揮毫停落於宣紙上；而猶豫是不被允許的，也會造成錯誤留下，而每個處置不當與重新運筆的痕跡，也都會在畫面上被察覺。精湛技藝與傑作都得先於概念上植根，先在腦海中構思，作為思維上穎慧搭築的架構，再迅速以不間斷地落筆於脆弱的宣紙上揮展。對高行健這位語言與繪畫上的大師來說，繪畫則有將語言文字激烈撤回的意指。在處理手法上他從不將兩者表達方式混淆，他作畫時往往花上持續數週、不間斷的時間，經常伴隨他的是一種全然特別的樂曲，他一而再、再而三的反覆傾聽：「繪畫使高行健從『語言』暫時撤離，探索另一座靈山。他決定抑制、收回語言的使用，也不加諸書法、文字或者符號在他的繪畫語言之中。『挪開所有的概念，召回你的靈魂，畫禪以及所有其他可以語言表達的，皆拋諸腦後。』」[7]而無法以估量印證的是，高行健不僅在書寫上，也在他的水墨畫上全然忠於自己，他在兩種「語言」上找到一種始終能產生互補、甚至可選擇性的用兩者中任一指涉媒介表達，這一點就他本身而言也已臻於成熟了；這兩種表現方式也使他能夠將繪畫方面的個人語彙，還有個人生命中的內省等做成功的詮釋。然而他在作品裡無比豐富的呈現中，不僅傳達包括政治悲劇導致的故土經驗、各種經歷，他也意圖於中西文化之間架設橋梁，並且指向個體遭逢的多變命運。對於高行健以及對於中國而言，高行健的水墨畫已不只是水墨，於形式語言上更走上另一條不尋常的道路；然而他的語言文字卻仍停駐在他的記憶、經驗與反思之中，緊扣著他個人在家鄉的生活經歷，而此源頭不可避免地不斷反身指向中國，儘管是蒼白的圖像，出現在這失落靈魂的國度——《靈山》（首次出版於台北，一九九〇年）之中；接著他在之後流亡法國的生涯裡，他將對於失去的、斷絕關係的家鄉記憶，寫就成《一個人的聖經》（首版於台北，一九九八年）；這部作品以在中國的記憶為開端，以動身前往一個新的國度——法國作為結束，整部小說最後的一個詞即為——被視為具有象徵意義的——「巴黎」。

如同中國青年多經由母親可輕易學習其不可計數的漢字符號，對於高行健來說，他開始用毛筆於宣紙上作畫，源起亦同；但是這並非是指他的圖像經由他的文字轉化產生：語言文字並沒有預先為任一的圖像所準備，圖像也並非經由轉化而來。高行健經歷超過三、四十年以上的繪畫歷程之後，仍不斷有新的拓展。這些繪畫產生迴然不同且獨具個人風格的表達魔力，並且緊繫著小說與繪畫中的情節人物，對於這些角色憂傷抑鬱、孤獨寂寥、與不斷增加與攀升的「空曠化」的基調，具有雙重的意義；而此不僅與他形式上的簡化表現有關，有時讓畫面人物顯現的姿態極少，亦有來自禪宗、精神與形式上的「空」，試圖達到一種絕對之境，一個宣示「世界末日」的範疇，無論是否挾帶著恐懼於其中。

5

高行健同時也被當作是一位魔法師與神祕家；當他以中間色調作為他的繪畫語言運用之時，畫面看來不與塵世產生任何關聯，純粹是出自於最內在的，也是出於內省，並且再加以革新、顯現而存在。一如所有傑出大師，在他來說，他也將輪廓之構成與手跡筆痕這些一般被當作個體練達之道與欲求表現的渴望，幾乎全都視為無關緊要，取而代之的則是各種於焉開啟的面貌，揭露了所有邊陲化的空間、穹宇風景，而看來全然荒無人煙的景致上，任何植被與生命也似乎都已消失了蹤跡。如此揮發、散逸人間的時刻落於宣紙的墨與水之間，彼此在瞬間產生相互迸發的、眾多而豐沛的激盪與觸動，這是由其自身所湧生而出的展現，當然亦有意識上、已知的支配與轉折意圖，彷佛它們是在命運之手中被操縱與召喚，而唯有如此的開展前行，再也沒有其他可能了。高行健選擇一個幾乎傾向於不定形（Formlosigkeit）的形式，探究視覺化上全然抽象的可能性，不使其成為真正的具象，在根本意義上也不意圖去「標示什麼」；取而代之的是，他運用其感召的潛能，召喚而出在靈魂中如潛意識裡的圖像，那也是存在於我們、在人類之中任一者的靈魂將會被尋覓與發現的景象。他公開提醒著，靈魂最原始的語言，與一種「共感」（commen sense），皆是可以克服任一語言障礙而被理解的。高行健本身就在其與繪畫有關的研究評論中，表達關於這種內在圖像的擷取：「看見促使我們有所取捨地繪畫，我選擇我樂於表達的從事繪畫，當我繪畫時，我必須感到箇中樂趣才能持續下去，這些從我筆下躍出的影像也同樣是我的視象，是繪者的。即便繪者繪的是自然之主體，影像從他的手中湧現而出時，已不再是真正的客體了，他們已經是自主觀視象躍出的替代物。」8 在此，他以「主觀視象」（Subjektive Vision）為標示的，仍致力使其成為「真實」以存在（'real' zu sein）——畢竟這是視象與現實都無法將之隔絕的；就他而言，這樣的表現亦可更加表明與證實，此景仍處在被視為現實的領域之中，情境也顯得較為具體：這也唯有透過繪畫才能如此達成。一如氣味無法在繪畫中接續，音樂也同樣無法，它們大概僅能成為思想與視象中的暗指；然而卻有一位必然且最為直接的使者，可以將我們之中所居存世界的圖像與所知傳達：此即是指，那可將內在圖像毫不矯飾地繼續轉化變形、成為表面可見圖像的使者，即是繪畫。高行健不僅對於這種敏感的傳達層面的察知極具意識，亦以富有創造性的運用與轉換表達：「因為這種心象，即使有時有色彩，也瞬息變幻、很難確定，而通常是灰暗的，不甚分明，用水墨來表現更為接近，這也是我祇用墨色，不用色彩的一個緣故。」9他的水墨畫離單色畫也有相當大的距離：因為高行健運用黑、灰、白等截然不同的各種細緻層次的變化，而得到眾多不同的開展，而對畫面、色彩本身來說也發掘到一個嶄新、豐富的寶庫，顏色並不會因此被丟失。它們起著脫離、遠離現實的作用，不但深受影響，同時又向其貼近，並且抱持著對自由開曠之境的距離；但又可內視且潛入這一個個鋪展於眼前的世界。而新的觀點亦於焉生成，彷彿其能輕易飛翔，越過這世界，攀上至穹宇的高點，或俯下至顯微鏡中的世界，那唯有在試管的庇護之中方能被窺見。這是充滿陰影與抑鬱之地，一如任一可和平撤退、凝神沉思的地方——在黑白之間，在已知意識上也存在著某種量尺，對於生活的真實性有不可跨越的距離，這是一種人為闢造的時刻，儘管它也得杜絕各種「變成庸俗」之險境，同時又能連結著古典的黑白攝影；高行健不只在「大革命」時期對攝影這樣一種媒介投以極大的關注，在他新近從事的創作中，攝影對於作為電影導演的他，一樣扮演著舉足輕重的角色。

6

這樣巨大、創造而出的磅礴景象，在觀看者的眼前展開；而如此揭露的方式也表現在他對畫作的命名上，情況亦不算罕見，諸如〈永恆〉（L'Eternel）、〈誕生〉（La Naissance）、〈夜行〉（Le Vol de nuit）、〈想往〉（L'Esperance）、〈野性的世界〉（L'Univers sauvage）、〈空〉（Le Vide）、〈氣息〉（Le Souffle）等，並且可深刻將存有賦予的意義內涵闡明，指出在他自身之外，總有更寬廣的存在。因此高行健的圖像語言並非被視為對其自身之指涉，而是對於現實世界的智識（或至少是一種預想上）的影射，而如是般的畫中現實，不僅意指在這些圖像呈現以外的真實世界，甚至大多是，在真實世界之外的世界，亦同樣被安置其中。基本上而言，這一點也非全新或未曾有過，畢竟在不同時期的藝術家總是會不斷創作出新的作品，關乎於想像、視象、預知或者神祕的流傳等，過去也曾出現過：其囊括著廣大的歷史，聖經的書寫，如人類史上具有象徵意義的寓言故事，這些西方核心，也都被藝術家們著手表現於其作品中。鮑許（Hieronymus Bosch）（譯注：十五世紀荷蘭畫家）的〈慾望花園〉（Luste der Garten，約一五〇〇年），將個人觀點作為象徵性的解釋傳達，同時也成為當時的社會教材，杜勒（Albert Dürer）的版畫出自四個〈世界末日的騎士〉（Apokalyptischen Reitern, 1498），哥雅（Francisco de Goya）的〈理智入睡、催生怪獸〉（El sueno de la razon produce monstrous, 1797-98），或者但丁（Dante Alighieri）的《神曲》（*Göttliche Komödie*, 1307-1321），作品中的天堂與地獄，也都在閱讀者觀看的眼中開展著。當人們觀看高行健晚近系列時，可發現迄至今日，在他的作品中仍展示出不被知悉的、形式上的意義指涉，以及可於現實上抵達的成果，讓觀者藉著殘忍、戰慄人心的、被創造出的視象，感受到面臨天堂與地獄之間的邊陲地帶、極神祕的圖像、戰爭，以及人類的不幸災難，這些皆多次反覆而不斷地被引入人類與世界的相關表達之中。他的視象已經不再是最初的沉思之地——其中有渺小、被視為孤寂的人類、備受關注的人形，以狹長的直線條出現；而此時，業已變為令人懼怖的場景，讓人思及歷經核戰、已成廢墟的景象，也讓人想起，當人類已成為失去本質、一如怪物般的突變客體，而空洞的空間也會從虛無裡走來，且又將沉入另一種虛無之中。有感於此，讓人想起但丁《神曲》中〈地獄〉之第三篇，它這麼述說著：

通過我，走入痛苦之城，
通過我，走入永恆深淵，
通過我，走入迷失人群。[10]

而但丁筆下的這個「我」——以第一人稱敘述的詩人，亦立即尋找著、也通過、穿越著由煉獄通往天堂之路，並且因此得到救贖。高行健的系列作品如同一個終點，宛如一部最後、最終的戲劇呈現：同時這也是他近期以來，不只是來自繪畫、同時也來自文學上創造的場幕而做的總結。他的成就還在於他開啟了極端與殘酷無情的深淵，而這在他過去的繪畫作品中並未曾顯現。因此他使得不只是他自身，還有觀畫者，皆可以感受全然的「邊陲化」與「空曠化」——於深深墜落之前；而如此的下墜在他看來也不會有雙重地基來支撐的。在此，高行健使每一地點都成為一種暗指，試圖清晰的解釋、闡明，不論這些地點場域在西方文化中是作為天國或者地獄：他皆視作最糟惡的夢魘與驚恐；在空曠化的景致上，瀕死的自然景象如幽靈般出現，並將其上的生命吹拂殆盡，而畫面人物有著過退隱生活的面孔。同時在某些譬喻的圖像幻影中，也揭開了其於精神逃亡中的庇護之地，這也可能存於禪宗裡的靜與空的過渡之中。出於這種聚焦凝神的狀態，亦可能會突然有神祕經驗進駐，比如「開悟」（Satori）或者「見性」（Kensho）；特別是「開悟」，不僅作為最原初的、整體穹宇的歷練，或者矛盾對立——尤其是主客體區分上的消解，而被理解。高行健繼續也再度打開「看見」（Sehen）的大門以及一扇窗，以抵達一個全新、尚未被定型化的世界；世界盡頭的邊界地帶，對他而言不僅可能成立，且還賦予了思維上正向、對即將抵達的彼岸一些尚無法清晰辨得的觀點，或者更進一步來說，這還是指所有在思維上面對的彼岸。抑或者，高行健的繪畫作品已全然道出睿智的佛陀本意，這也與佛陀最初的教誨、傳授息息相關：

教外別傳，
不立文字，
直指人心，
見性成佛。
——菩提達摩四句偈詩[11]

（本文作者為德國科布倫茲市路德維希美術館館長）
（原刊載於《聯合文學》二〇〇八年五月號）

1. 高行健：〈文學的理由——得獎演說〉，請見《一個人的聖經》附錄，聯經，頁四六六，二〇〇六。（譯注：本文引文書目資料，已有中文版者改以中文版標明，以便讀者查詢。）
2. 請見《一個人的聖經》，頁四。（譯注：參見中文版：「而她母親的死，卻令他震驚，淹死在農場邊的河裡。」）
3. 同上，頁四。
4. 同上，頁二。
5. 同上，頁一。
6. 同上，頁四。
7. Chong Wing Hong, 'Epigraph: A fundamental element traverses Gao Xingjian's creative thoughts-language,' in: Ausst.-Kat. Experience, siehe Anm. 1, S. 19.
8. Gao Xingjian, 'Return to Painting,' New York, Harper Collins Publishers Inc., 2002, S. 25, zitert in: Ausst.-Kat. Experience, siehe Anm. 1, S. 70.
9. Gao Xingjian, 'Thougts on Painting,' in: Ink Paintings by Gao Xingjian, New Jersey, 2002,

S. 12-13.

10. Dante Alighieri, *Die Göttliche Komödie*, 德文版譯自：Dante Alighieri, La Divina Commedia, Biblioteca Culturale Economica, Nr. 2, settima Ristampa, Mailand 1952, S. 24.

11. 菩提達摩為中國禪宗始祖。

輯二　談高行健的文學與劇作

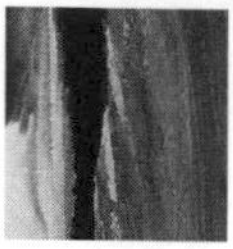

泉石激韻——評高行健的小說

馬建

首先提醒的是：小說是通過人物、故事、環境來反映生活的載體。加上作者思想和觀點的介入，才能成為文學。

我更認為小說與思想應有極其重要的關係，因為唯有思想方能把小說引向文學的境界。相反，沒有思想，沒有作者觀念的小說，只能是供人們消遣的讀物，隨風而逝。當然，小說可以表達人物的心情、人物的遭遇，甚至結構本身的含義，但沒有思想就沒有靈魂。小說加上了靈魂才能飛翔在自由的想像之中，把現實變成夢想，變成藝術，變成文學的真實。而高行健的小說幾乎連主角都消失在你我人稱之中，更沒有連貫的情節，如他在《靈山》中表達的：他講了許許多多的故事，只不過有講完的，有沒講完的。這也是小說和文學的關鍵所在：文學表述不需要講一個故事和畫一幅肖像，而是講一個真實的處境。

那麼，小說僅通過詞語的聲音而表達是否是純粹，已經被爭論了太多年了。人們甚至認為沒有作者觀念是文學唯一的美。人格和風格可以分裂。事物本身不會欺騙人們，它們自身的材料證實著存在的價值，而作家的感情或姿態都會引起誤解，甚至是強迫性地讓讀者接受作者。但誰能理解，我們與詞語之間的關係——那就是我們越放棄自我，就越發沒有寫作的自由，從作家筆下流走的文字越多，也越顯示出生活中所體驗的喪失之快。甚至連真誠都無法轉達。作家的生活經驗如果被小說的詞語死死纏住，作家將面對崩潰，因為他流放了思想。編造故事和編造謊言的選擇也是小說與文學的選擇。因為文學的介入，使作家打開了思想，確立了小說的敘事手段和敘事結構，他只能誠實地面對舞臺之下的觀者。

寫小說是給予每個靈魂以尊嚴，避免思想被緊控。我深信有文學意識的小說，能讓人們意識到每個熟悉的陌生人的獨一無二以及集體的夢想，不管他們生活在過去還是現在。

我們也明白小說是虛構的。它越是在生活中無法呈現，越是脫離小說而接近文學。但正如卡夫卡介紹給我們的小職員格里高爾，當他變成了蟲子以後，我們才感到他更像人，更像是人的困境。文學的境界就是把人的處境呈現得更真實，虛構和想像就是文學的左膀右臂。

在古代，小說被理解為「淺識小道」，不是大道。正是歷代小說作家都無法名正言順地書寫，都在巧借神話，多用寓言而把自己藏在小說的後面而造成的。中國的文學名著大都沒有作者也證實了文學的危險含義，那就是個人思想在小說裡重如生命，作家寧可隱姓埋名地寫下去。那麼在我們閱讀名著時，正是作家的思想和我們的溝通才使小說永遠活下去。文學是永恆的。老高更試圖在語言之內的象徵中尋找現代漢語的出路。畢竟中國的政治制度對中文的腐蝕，已令作家無法信賴母語的純正和魅力了。

高行健是借小說中的文學意識去感染人的，從而使人的社會變得更容易理解。文明和信仰雖然不是他小說創作的目的，但文學意識起碼使我們瞭解了老高。那麼，他小說的境界當然產生於文學之內。可以說，他和故事的結合產生了小說，又和故事中的自我意識結合便產生了文學，而且是他獨特的，接近退縮的敘述角度，他稱為「冷的文學」。

記得一九八六年我那篇〈亮出你的舌苔或空空蕩蕩〉剛寫完就交給老高賜教，那晚我們喝了很多酒，下半夜他才拿著手稿去了睡房，我則躺在沙發上呼呼大睡。凌晨他過來推醒我，很興奮地說著要找中國最好的《人民文學》雜誌發表，然後他翻到了那句：「……她嘴唇在笑的時候變得又紅又有彈力。那其實是生活在高原上的女人像草原一樣寬容的微笑。」他認為後一句可以不要。我堅持說如果刪掉這一句我會感到自己真是個雜種了。從中我才理解了老高尋覓冷的文學的道理。從此之後我寫小說最小心的就是作者和故事的關係，因為這也是被紅色敘述強姦汙染近半世紀的詞語，作家所必須躲避的。高行健這位在共產黨國家上過大學的作家，竟還有如此犀利地自我保護意識。他在古漢語和當今的口語之中，輕而易舉地駕馭著自已的獨木舟，實屬罕見。

高行健在尋找靈山，但又不信任這尋找的意義。在尋找靈山的終點，尋到的是一位同樣在尋找破碎人生價值的女護士便是說明。在那裡，作者暗設了一條沒有彼岸的河，他和那姑娘都只能在這岸邊苟且偷生。而且他一再描寫，人越是親近，就越走向疏離。無論是文化館的姑娘，還是從道觀被趕出來的道士，人，都只能在遭遇中認出對方，那遭遇又本身就是生活的無奈。這也是故事，但更像是文學的意境。

中外古代都曾把一切用文字書寫的書籍文獻統稱為文學。現代專指語言藝術。而文學的意境則決定了文學的價值。意境把我們帶進了一個更加遼闊的社會和魔幻人生以及更加複雜的內心世界。如此，我們的生命變得不僅是出生和死亡的過程，而是在這中間恰如閃電般留下了人的資訊，並且可以一代代傳下去。而且文學使我們建立了愛和同情。使我們的社會有了人性，有了對照，有了歷史。也證實了人類不僅僅是吃地球的生物，大自然造出我們，是為了讓我們通過文學來認識自己和同類。人是有記憶和情感精神。在這商業娛樂和享樂主義盛行的今天，文學製造出一個精神的巢窩，在這空間裡，你可以獲得一點人的尊嚴和無法溝通的挫敗感，以圖自我保護。那麼文學是唯一的私義未來。作家其語言和文體成熟的體現，可以又是作家的唯一指紋。而這種文學風格也是他的時代、民族、地域文化的證據。因此，作家必須真誠地面對書寫。

我有個愛好，聊天總愛問對方有沒有看完普魯斯特的《追憶似水年華》，然後偷偷記錄下來，可以說，我活了半個多世紀，至今還沒有碰上一個讀完他長篇的人，當然多數人會撒謊說看過，但我是有幾道考題的。但是，雖然人們只讀過些枝葉片段，普魯斯特的寫作意識確影響著每個時代。同樣，高行健的小說也許讀的人不多，但他的文學思想確留在了這個時代。雖然老高的家族裡沒有人活過七十歲，我相信老高不僅超越了七十，而且還不斷地在開始，在追尋。他的文學和藝術的境界是長壽。

我們作家終身要做的這件事就是反省現實，並用我們的夢想改變時代和時間，甚至延長生命以對抗死亡。當然，這麼說文學就接近宗教意識了。不過，我們無法否定，在文學的描述之中，作家為了給予每個靈魂以尊嚴，給予人生以意義，起碼我們通過文學互相理解了，我們和宗教一樣表達了同情和憐憫，儘管我們生活得不如牧師們嚴謹。

那麼，小說和文學的結合，便給了作家一個闡釋自我和思想的平臺。在大家共同承擔的生命情境中，分享著覺悟、好奇和認識人性的經驗，特別是異性的領域。

我們還從個人的命運裡試圖與社會的命運對照，呈現出事物的內在意義。至少是在努力表達這種經驗。因此，思想在左右我們的視線。我這麼說當然包含了以文載道的意思。而且我敢說這並不過時，因為我們生存的時代在精神領域並沒有多少進步。我們最精華的文學藝術都發生在過去。眼下正是一個謊言和商業雄霸一切的時代。我們一不留神就會喪失已在我們心靈裡，但還未閃光的文學境界。

高行健的寫作現象也給中文作家們一次反省職業道德的機會。假如高行健仍在大陸，他的作品也不能全部呈現思想的力量。雖然沒出國的高行健，作品也不斷被禁。那只證實他是一位不與狼共舞的作家。只有展示作家的人格的作品，我們才能看出他的風格，從而才有價值判斷，這個判斷就是走向自我，儘管走向自我也將被人們嘲諷。我們指望作家要完成他的道德使命，也更需要作家超越道德，走向文學藝術的境界。在這個時代，我不妨這麼說：離得遠點，或許還能守住一些尊嚴。

那麼，到底在今天如何中肯地描述這個時代？這描述又如何讓人們心領神會，而不僅僅是少數作家的想像？而老高的文學觀主要指向：

- 人與眾人的集體無意識。
- 人們看似生活在一起，但極陌生。
- 人不知道如何平衡精神空間與現實空間的比重，人人都錯位。
- 詩化的愛情與孤獨的自由並沒有達到終極自由的家園。
- 人的終極意義被質疑。

這五個問題他在《靈山》、《一個人的聖經》以及《周末四重奏》、《彼岸》等劇本裡都作了闡釋，而這就是小說中的文學，也可以叫做思想文學。

綜觀高行健的語境，我首先會介紹《周末四重奏》使用了閱讀文本的視覺效果。人物的對話以段落分開，像一首首敘事詩般使文體回到自然的性格角色中。他還借用了音樂旋律的四重奏方式，呈現出複雜的人物表情。他把出場的人物：一個慵倦的女人、一位老年畫家、一個風騷的姑娘和一位江郎才盡的作家，用了四種不同的音韻組合，奏出一曲沒完沒了的人的煩惱。他在這個週末的四重奏裡，要呈現人心的真實變化。也是純粹的語言境界。

我以為，同一個時代又有如此不同的社會是我們眼下的現實，同一個時間但不同的文化更是我們感到乏力之處。首先，小說不是為了異國獵奇而寫，文學也不是為了標新立異而去消耗能力。我們的職業正遭到自身的懷疑，忠實於自己甚至成了挑戰自我。在一個謊言占優勢的時代，在一個傳統語言已被反覆煎炸燉煮的時代，有時我們也在懷疑夢想是不是錯了。做夢或做人是否是一個謬論。因為在一個封閉的共產主義牢籠裡長大的作家，已無法找到健全己身的座標，更何況思想的境界。我們甚至連做人的啟蒙機會都被泯滅。記得我十五歲時在街上看到一輛收廢品的車，上面堆滿了書，我走過去順手拿起一本馬上看得入迷，那是蘇聯作家萊蒙托夫的一本小說，每隔幾十頁就是一張插圖。我被這種文字和圖畫的美感迷住了。我要把它買走。但那老頭上前死死抓住，還大喊：這是資產階級的書，是廢品，我絕不會賣給你。但我雙手死死抓住書。最後，他同意我一頁一頁地把插圖撕下來拿走了。那就是我開始寫作的啟蒙。不僅是為了把拆開的書再合起來，也不是為了講故事，而是我知道了失敗，發現了個人的精神之路。萊蒙托夫說過：「人的心靈歷史哪怕是最渺小的，也比整個民族的歷史更有用。」高行健一個孤獨的行者足跡給我們證實了這一點。他得不得諾貝爾文學都是個真正的流亡者。

我們常說藝術的境界來自夢想。說藝術家是個做夢的人。那麼，我確切的理解是：文學的境界是清醒和沉睡之間的狀態，也叫夢之想。它不是理性般清醒，也不是睡眠，而是每一位活人都忽視的偉大狀態。我們其實生活在三個空間：清醒、夢想和睡眠。但清醒和睡眠中自我並不存在。只有當你扮演生活中的身體放鬆，睡眠還沒有來臨的時刻，自我才被釋放出來。佛、禪以及靈感甚至氣功等都在這時刻閃現。藝術家喝酒和吸大麻都是在試圖喚出沉睡的自我。但宗教意識和靈感不是唯一的自我釋放，人們要主動地打斷被社會和睡眠雙向麻木的人生，理解面對自我的唯一境界。是的，我們看起來擁有生和死，但不能在生活中便死亡，而失去文學的境界，人就只能如豬狗般為生存而活，就是精神的枯萎。我更相信，在這個金錢災難時代，文學是人類唯一的精神之舟。

高行健為漢語界重建了一座靈山：那就是，人類自古至今都走在尋找家園的路上，都在漂泊之中。而逃亡現實的控制，把往前尋找變成了往後撤退的途徑，從而跨入了抵達生命本原的經歷，完成了一個作家不僅在自己的痛苦裡看破紅塵，而是宏觀地面對人世的悲憐，去傾注對人性的關懷，也使得一部小說成為了一部文學著作。他在小說中一直試圖再現生命的特質，其中的男人和女人或許你不喜歡，比如膽小、悲觀，甚至自私，但並不自利。他在思維的美感背後，引出了做人的驕傲，哪怕是變態和下賤。因此，有弱點的人生就有了平凡的高尚，有了一點做人的理想。這，也就夠了。

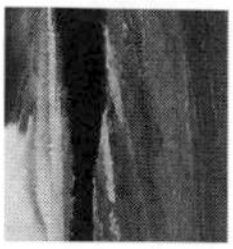

高行健和現代中國文學

羅多弼（Prof. Torbjörn Loden，瑞典漢學家）
朱亦梅／譯（萬之／編校）

高行健在他的文學創作中進入了前人從未涉足的領域。和所有偉大的作家一樣，他有自己獨特的個性，但他也是給中國文學帶來復興的作家群中的一員。

「中國文學」這個名詞的含義不甚明確，這在當代中國人中已經引起相當普遍的討論，並且常被看成人們悟性的一種標誌：鑒定中國文學究竟是指「用中文寫的文學作品」還是「中國人寫的文學作品」抑或是「與中國作為一個國家有關的文學作品」？做這種區分是使文學從中國國家權力中解脫出來，而注重於定義為用中文寫作的中國文學。

高行健大多數的作品是用中文書寫的，但也有用法文寫的，他現在已經是一個法國公民。然而，他在很多方面都不可避免地依然保留著中國性，而不僅僅是在文學創作中使用中文為媒介。他是創立新的中國文學的作家群中的一員，這種新的中國文學已從官方強加的政治意識形態的令人窒息的束縛中解脫出來。

儒家陰影下的中國激進派

在毛澤東時代的中國，文學被鼓動為政治目的所用，作家僅僅是巨大的革命車輪上的小齒輪。

上世紀六〇年代中，當我首次閱讀到這種所謂對人民「有用」的文學創作意圖時，它好像十分具有吸引力。文學被描述成為建立一個良好、平等社會的偉大工程的一個組成部分，然而我很快就發現這種鼓動其實表示將文學完全從屬於政治，並將作家轉化為暴政統治的非人性的工具。

回顧起來，我們可以說毛澤東一九四二年所作的「在延安文藝座談會上的講話」是對文學作為一種真誠、認知、良心和經驗的表達判了死刑，而這個講話被當作文藝方針的權威文獻，一直流行到上世紀七〇年代末。

當然並非所有的中國文學都會順從毛澤東的延安講話。在中國大陸以外也有中國作家遵循另外一種寫作脈絡。張愛玲就是其中一例，她是在毛澤東死後才為中國大陸的廣大民眾所知曉。即使在中國大陸也有些作家從事值得尊重的文學創作，但為數不是很多。

總體來說，毛澤東主義時代是中國文學史上的黑暗時期。這一時期一直延續到上世紀七〇年代末期，而且在後毛澤東時代繼續對中國文學產生相當可觀的影響。毛澤東的文藝意識形態必須在二十世紀早期文學革命的語境中去看，那場文學革命也是當時擺脫帝制帝皇和尋求現代性的努力的一部分。從十九世紀晚期開始，在中國激進知識分子的腦海中，對現代性的尋求是基於二個假設：第一：外來勢力對中國造成了致命的威脅，因而必須用現代化來挽救中國，第二：為了在中國實現現代化，傳統的文化必須在很大程度上被拋棄，必須構建一種新的文化形式來適應現代化要求。

如此，從二十世紀初開始，這種構建新文化形式（包括文學）的努力就浸透著功利主義、實用主義。文學的價值就是用它對現代化所作出的貢獻來評估的。

激進的主流知識階層中的成員，堅持以實用主義觀點來評價文學作品，排斥傳統的中國文化，把自己定位在反儒家的位置上，但是，有趣的是，在主流儒家學說中也明顯有一種對文學的實用主義觀點。儒家主張「文以載道」，而「道」在儒家經典中也定義為正確和恰當之物。對於二十世紀早期激進派來說，文學的主要任務是弘揚他們自己的理論教條。這是一個有趣的例子：在儒家與激進分子之間會存在相類似的思考方法，當激進分子在使勁推翻儒家理念時，他們自己往往也被籠罩在儒家的陰影之中。

在毛澤東後文藝復興語境中的高行健

文化大革命讓人們從沉重的毀滅中覺醒。有抱負的作家（高行健是其中之一），開始認識到真正的文學已被這場革命抹殺，在毛主義遺留下來的廢墟上必須開始重新創建起新的文學，他們中的某些人開始全面地重新評估中國文學。

這一重新評估的焦點之一，也是高行健非常關注的一個方面，就是文學是否應該用來作為宣傳或弘揚某些文學領域以外的思想、主義或者目標的工具？「主義」一意味深長地成為了人們厭惡的字眼。高行健出版的一本論文集就叫《沒有主義》（一九九六）。這種對經常用「主義」來標誌的整個思想體系的排斥，似乎就是高行健對中國文學重新評估的核心概念。

這種對「主義」排斥否定的一個方面是高行健特有的洞察力：那種認為文藝作品應以它們對革命的貢獻（正如毛澤東主義者所要求的那樣），或者二十世紀文化激進分子強調的所謂對「挽救中國」的貢獻來評價的主張，給中國文學的質量帶來的完全是災害性的結局。他對於將文學降為某種意識形態的工具的做法深為不滿，也使他對儒家和儒教在文學上的影響持批判態度。我記得他有一次問我，我是否能說出一個儒家學者同時也是一個好的作家。我們認真考慮後，以為只有一個人，那就是杜甫。

高行健拒絕任何主義的一個方面，也是他有意擺脫夏志清教授所說的那種「中國情結」意識。夏志清教授的這種說法現已經成為經典公式，用以說明大量現代中國文學的特徵。高行健在他的文藝作品中，高度關注他感興趣的人類困境問題。他的興趣核心是人類和基本的生存問題，而不是作為一個國家的中國的命運。尤其是，他拒絕把個人看作為工具，僅僅為了一個強大而繁榮的中國的發展而存在。

這並不是說高行健對政治和社會問題不感興趣，也不是說他不去關心中國的未來，但是作為一個文學作家，他並沒有把制定政治問題的實際解決辦法看作是自己的任務。

高行健拒絕「主義」的另一個方面，涉及到他對知識和真理的一般看法，而並非他特定的文學觀點。他也分享著當代世界中許多人的觀念，認為宏大的思想體系已經屬於過去。他強烈地意識到絕對盲從的危險性，這種盲從作為烏托邦主義的一部分，會讓我們在追求一個未來天堂時去接受原本無法接受的手段。在高行健的世界中，猶豫、躊躇、不確定、半信半疑以及矛盾的心態等等的出現，是一種有見識的標誌，而非軟弱或缺陷。

對於高行健來說，現實的確切概念是複雜的，難以理解的。在他看來，我們通常認為是客觀存在的外部世界和主觀世界兩者都是有問題的實體。正如我對他的瞭解，這種懷疑論成為他力圖擺脫文學程式中的現實主義的一部分動力。

但是，高行健創新文藝取向和使用新手法的背景不應該歸結為涉及認識論和存在論等等的哲學問題。在某一層面上，我們可以把他在戲劇作品以及某些散文作品（尤其是《靈山》，一九九〇）中表現出的創新取向看成是對強加於文藝創作的「革命現實主義和革命浪漫主義相結合」的災難性文藝影響的初始反叛，也是力圖創造一種能產生真正優秀文學作品的新文藝形式。

高行健擺脫毛澤東主義文藝體系的局限，也不可避免地被視為一種努力，要開創能夠真正表達個性經驗和情感等等的空間。這種努力對我們在過去數十年間已見證的中國文學復興具有中心意義。在毛澤東時代的末期，一批最優秀的作家已經認識到政治意識形態不再允許個人意願和思想的真實表達，從而令人窒息。作為一種集權主義的正統意識形態，毛澤東主義者還要求作家們積極參與使用官方強調的宣傳語言。

高行健和詩人北島、小說家李銳等許多作家一起對於中國文學去除毛澤東主義官方宣傳和恢復文學精華、真實表達人類經驗做出了無價的巨大貢獻。就這方面來看，他們的貢獻可以和二次大戰後「四七社」在德國文學復興中所扮演的角色來相媲美。

高行健的獨特聲音超越了文化的界限

把高行健的文藝創作看作過去幾十年間中國文藝復興的核心部分，並不等於把他降低成某個群體中的一員，或者把他定義為一個中國作家，把他的重要性限定在中國文學場景之內。高行健是一位有自己獨特聲音的獨創性作家，他的聲音具有普世價值而不局限於中國。

為了探討作家高行健的獨有特性，我們必須嘗試把各種不同的局部放在一起。就各個局部而言，我們大概在其他作家身上也能找到相似的變化樣式，但這些局部成為整體之後又獨具特色。

有些局部我已經提到過了，例如他的懷疑論、他的創新文藝取向和新文藝表現手法的使用等等，這裡我願意再加上他的另外兩個特徵。

首先，必須說說高行健的漢語。在考慮現代中國文學時，高行健非常關注漢語的改革。他並不拒絕把作為文學媒介的語言從文言文改變成白話文，這是二十世紀初新文化運動帶來的結果。但是，他也對現代寫作語言中在他看來是過分誇大的西化的做法持批判態度，而他提倡使用一種在他看來更密切接近中文本質的文藝語言：句法簡單，最低限度地使用文法標記等等，例如：他認為作為副詞使用的字「地」是多餘的，應該拋棄。

高行健對漢語過度西化的反對，讓我可以轉到他對中國和西方文化及文藝傳統基本態度的話題。

高行健對中國文化傳統極有興趣。他早已深切意識到傳統文化的多元性，強烈反對把儒家傳統等同於中國文化的傾向。這對他本人來說尤其重要，因為他本人是從佛教、道教、民間神話及民間宗教中吸取靈感，比從儒家傳統吸取的多得多。他趨向於認為儒家傳統是壓制和不利於人們創造力的。

高行健從中國文化傳統中吸取靈感用於自己的文藝寫作，這一點，我們不僅能在他的戲劇藝術中看到——例如《野人》（一九八五）、《山海經傳》（一九九三）和歌劇《八月雪》（二〇〇〇）——也可以從他的主要章回小說《靈山》中看到。

然而，高行健也會在世界舞臺上的當代文化潮流以及其他文化傳統中找到靈感。正如我們大家都知道的，他精通法國文化。

由於他具有視野寬闊涵蓋東西方的優點，我們可以把高行健看作是一位全球化時代的作家，甚至是一位世界文學的作家。由於他的獨特性和具有從亞洲以及西方文化中吸取基本元素加以由他原創具有個性特色的融合，我們可以將他與奈保爾、大江健三郎和魯西迪等作家相媲美。這些作家都精通各種不同傳統文化並將它們用作自己文藝創作的源泉，他們不完全認同於某一種文化傳統。在一定意義上他們是超越文化的作家，而歸根結柢，他們都是有自己深刻見解的原創性，敢於涉足前人從未涉足的領域。

高行健和文化傳統的關係可從存在主義的角度加以探討。雖然，他深深浸潤於不同文化傳統並被它們吸引，但他並沒有被其中任一所完全占有。他僅僅臨時進入一下，然後再撤出，再從自己獨特的觀察點來看待它們。在他看來，運用自己的主體性而從不同文化傳統中採集自己欣賞的元素和樣式，並把它們彙集到自己的創作中，這是他作為一個藝術家也是作為一個人的責任。我們可以把這一做法看成是文學和藝術優化的一種程式，而從更廣泛的意義上說，這種方式也是與文化傳統之間保持一種動態關係，同時對自己的信仰和價值觀採取完全負責的態度。

看待高行健和他的文學藝術作品有多種不同的方式，而高行健自己願意首先提醒我們，沒有一種或僅有一種觀點是完全公正和正確的。這裡我的主要想法是讓人們關注高行健作為一位當代偉大作家和劇作家所作的貢獻的兩個主要方面：他在過去三十年來中國文學復興中扮演了十分重要的角色，而他也超越了中國文化的界限，創造出深具原創性和個性的作品，能引起全世界上任何關心人類困境的人的興趣。

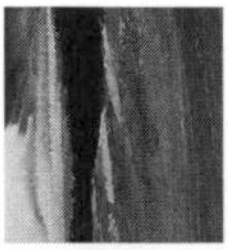

法國文化部推廣全民閱讀週：《靈山》在普羅旺斯

杜特萊(Noël Dutrait)
蘇珊／譯

自從一九八八年高行健來到法國，與艾克斯—普羅旺斯市就結下不解之緣。早在二〇〇〇年獲得諾貝爾獎之前，他已多次來到這裡，參加由安妮戴葉推動的寫作交流協會和杜特萊執教的普羅旺斯大學中文系組織的文學活動。杜特萊教授和夫人麗蓮娜翻譯了他的大部分作品。

二〇一〇年五月二十五日至二十九日，法國文化部為促進全民閱讀，在全國各地推廣名為「你來讀！」為期一週的讀書活動。寫作交流協會選擇了高行健，圍繞他的小說《靈山》規畫了一系列活動。

五月二十六日高行健應邀來到艾克斯—普羅旺斯市的圖書城，參加題為「獲諾貝爾獎之後的十年創作」的文學會見，由普羅旺斯大學中國文學教授杜特萊和電影專業教授吉阿瑟提克主持。觀眾參加十分踴躍，會上首先放映了他的電影《洪荒之後》。隨後，高行健講述了他對藝術電影的觀念，以及他的繪畫、詩歌和電影的種種創作，當天晚上還放映了由他編劇、執導和設計，許舒亞作曲的大型史詩歌劇《八月雪》的錄影。放映之前，高行健向觀眾介紹了該劇的創作過程。

第二天，又一批年輕觀眾，該市塞尚中學的學生們事先經過排練，面對作者朗誦了《靈山》的片段，能同作家交談，都興奮不已。傍晚，在普羅旺斯大學圖書館的高行健研究資料中心，該中心收藏了許多高行健的作品、譯本和有關的資料，又舉行了另一次別開生面的朗誦會。從校園到圖書館一路上，先有兩位舞蹈演員以小說《靈山》為啟發，即興表演，引導觀眾進入會場。朗誦的是小說《靈山》第七十六章，十位不同國籍的朗誦者各自用不同的語言進行朗誦，有法文、中文、德文、阿拉伯文、英文、義大利文、韓文、日文、土耳其文和捷克文，第十一位用的語言則是聾啞人的手語，許多聾啞人也特地來到會場。會場擠滿觀眾，人人都能體會到從中文翻譯成其他語種傳達出的語言的音樂感。朗誦之後，觀眾向高行健提了許多問題，有關寫作、戲劇、作家的身分，以及人生觀，等等。高行健都耐心回答。會場上有專人同時用手語翻譯，聾啞觀眾也難得有這樣的機會，和大家一起分享作家創作的世界。

之後星期五和星期六又連續兩天，《靈山》的朗誦進而在艾克斯—普羅旺斯市戶外進行，街上的行人大為驚喜。大街上、歷史古蹟旁、一家家書店和各個圖書館，直到圖書城，到處都有劇院的演員在朗誦。這種景象未曾有過，觀眾對《靈山》著迷又一次得到證實。這部無法歸類的小說，既是遊記，又是隨筆，充滿傳奇，又如同散文詩。朗誦者既有專業演員，也有一般讀者，都充滿熱情，從中得到新鮮的感受。

著名的聖維多利亞山俯視這座塞尚住過的城市，而《靈山》這些天來由於人們對文學的熱情則大放光彩。

感受取代敘述

魯迪格・哥奈
卓文／譯

我第一次見到高行健的名字是一九八五年十二月在西柏林，法薩冷大街上的一張招貼畫，是他在貝塔陵藝術之家的水墨畫展的廣告。我當時可以說是跟隨那股中國風，讀了剛出版的張潔的小說《沉重的翅膀》的德譯本，看招貼畫的時候，腦子裡正是張潔書中的詩句「舊詩無需寫，揮筆畫吳戈」，我倒想看看高行健畫的這吳戈是怎麼回事？當天下午，我就去了藝術之家，他的畫立刻吸引了我：筆觸無規矩可循，這些形影看似螞蟻卻又是影子，可不就是影子的影子，我當時想。

若干年後，我在倫敦看到他的戲《車站》，主題何在？北京郊區，八人在汽車站等車，一等就是十年。我覺得戲的風格近乎皮蘭德羅，這只是他的水墨畫的延續？或他那水墨相反是他的戲的延續？總之，他表明了人能變成自己的影子。

二〇〇〇年伊始，諾貝爾文學獎頒發給高行健，我想這可好了，憑他把你們都炸了的這些畫和這齣戲，可得到了一張去斯德哥爾摩的免費車票。人們這才開始談論他，說他是持不同政見者，生活在巴黎，用法文寫戲（這回寫的也許是車等乘客）。

一九八九年六月，天安門廣場屠殺在一團混亂的場地上進行之時，他正在巴黎寫他的遊記《靈山》，一九九〇年台北出版，德文版二〇〇一年出版。小說寫的是雙重的旅行，其一，橫穿中國，其二是敘述者內心之旅，兩條道路相交於中國這座神祕的靈魂之山，也可說是對世界的一個驚人的小說隱喻。

高行健不是二十世紀毛澤東讚賞的魯迅。激進派的辯護士魯迅通過《狂人日記》可說是集憂鬱與革命精神於一身，而高行健卻把憂鬱落實到底，他這些短篇小說絕大部分都是他一九八七年移居法國之前在北京寫的。那頭一篇就顯示了影子的王國，兩位舊友十三年後重逢，一位講述了他被假槍斃過和當時的感受；另一篇小說講的是一個人游泳時腹部痙攣，差點淹死。還有一篇講車禍喪生：一輛公車撞死了一個帶孩子騎自行車的人，孩子卻倖存。要是騎車的這人晚一分鐘離家也就沒事，純屬偶然，如此等等，我們又同影子有關了。

他許多小說對話的結構嚴謹，如同《靈山》，讀者經常身臨其境，因為敘述者直接訴諸人稱你，比如「你坐的是長途公共汽車」。這些對話又時常同對自然景色的描述交織：「路燈亮了，在綠樹葉子中發出昏黃的光。夜空灰濛濛的，城市上空連星光也模糊不清。於是，樹叢中的燈光又顯得過於明亮了。」那些奇怪的場景令讀者難忘，〈給我老爺買魚竿〉這篇小說，孫子給祖父買了一根新魚竿，卻明明知道那地方早已乾涸。一位海濱度假的人扒住一艘漂泊的船舷，竟然聽見有人對茫茫水面放聲大唱，而唱的那人五音不全，根本不會唱歌。再則，又一個故事我們眼看它消解，成為一些印象，或是變成如人所說的水墨畫。

這些故事都沒有公認確定的因素，語調輕鬆，不動聲色，略有嘲弄，言談時常空空如也，目光卻落在細小的事情上，通過敘述讓人感到總也在摸索，出於敘述者的輕巧微妙，這些敘述倒不如說是感受，而這種微妙卻是再生更新的先決條件，恰如莊子的寓言。

譯文之美讓人忘了原文是中文寫的。讓者在文體上讓人聯想到一些德文的成語。「粗魯曾幾何時也成了罪行！」令人彷彿聽到了布萊希特的聲音。譯者很可能有意創造這樣相近的文體，這並非說譯者掩蓋了原文的特點，相反恰恰是譯文的功力所在。

無不盡言，高行健差不多所有的故事裡的對話都有這企圖，又不可能真達到，卻一步又一步止不住把日常用語引入到這充滿暗示與隱喻的敘述中去。插敘、細節和詞句勾起的圖像創造出這些極為驚人的文本，時不時如同散文詩，「他把快要斷的菸灰彈在菸灰缸裡，倒過來又一個鍵一個鍵將螢光幕上未寫完的句子逐字抹掉。」又如：「『給我講個故事！』他轉身，檯燈照在他後腦上，見暗中床上她赤身裸體蜷曲得像條魚。」對高行健來說，再多一句就成了廢話。我想，我們所有從事文學寫作的人都可以師從這位作者，再進修。

（本文為高行健短篇小說集《給我老爺買魚竿》德譯本的書評，副題：慎重作為創新的條件，輕鬆喚起思考。原載維也納《日報》，二〇〇八年十一月二十九日。作者魯迪格・哥奈教授是德國著名的文學批評家和學者，有關德國文學的論著達二十多部。）

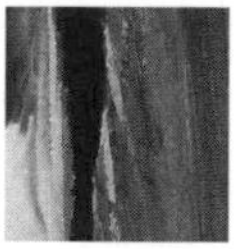

高行健「冷劇場」中的跨國精神：對高行健部分劇作的哲學分析

瑪扎尼博士（Mary Mazzilli）
王飛／譯

高行健在其諾貝爾獲獎演講中把「冷文學」定義為一種「為求其生存而逃亡的文學；是一種拒絕被社會扼殺而求得精神上救贖的文學」。他還解釋說文學應該是跨越國界的，並有責任對普遍的人性本質做深刻的揭示1。他的定義中傳達了兩個主要觀點。第一：文學是通往精神救贖的途徑；第二：文學具有普遍性。本篇論文將試圖通過擴展「冷文學」的含義，並結合高行健的「文學跨越文化邊界」的思想，來解釋高行健的戲劇，從而闡述高行健超越國界的精神。當人們提及超越國界的精神時，不能不提到東西方文化的關係。高行健作品所跨越的邊界也主要是指東西方文化的對話關係以及還未被區分的區域。因此「精神」這個辭彙是跟高行健的視角緊密相連，其視角中包括一種結合了東西方價值觀的哲學精神救贖方式。高行健後逃亡時期的戲劇是把東西方哲學相結合的典範之作。因此這篇論文將分析兩部高行健後逃亡時期的戲劇作品《夜遊神》和《叩問死亡》中的哲學內涵，從而展示高行健的跨越國界的精神。

在詳細分析高行健戲劇作品之前，我認為有三個方面是必須要考慮的。首先，要把這兩部戲劇裡的哲學論述轉化為兩個幾乎相對立的方面進行探討。其一是與禪宗佛教和道教密不可分的中國哲學（可以從第一部戲劇中看出），其二是西方的意識形態。在這篇論文中，雖然沒有過多詳細地論述佛教之本質，但是闡述了趙毅衡給禪宗佛教的定義是「尋找超越自己，達到無物和無念的狀態」[2]。這個定義暗示了其中具有哲學的確定性和精神層面上的含義。與此相反，西方哲學元素則對人類命運持一種否定的、虛無的態度，並且對精神空間的信仰是完全缺失的。其次，高行健的哲學論述的精髓是關注個人與精神之間的關係，並且也討論這種關係的缺失。在看高行健戲劇的過程中，觀眾就好像開始體驗一種感受存在的旅程。第三，這篇論文所分析的戲劇也展示了高行健的哲學之旅是如何變化的：在《夜遊神》中，禪宗佛教的影響勝過西方哲學的作用，而在《叩問死亡》中，西方哲學則勝過了禪宗佛教。

《夜遊神》寫於一九九三年，它是高行健最複雜的一部戲劇之一。陳吉德認為高行健的這部戲劇讓他的寫作手法變得更加複雜，同時也更讓人難以接近[3]。這部戲劇分為三幕，共有十二個人物。故事講述了一個中心人物，年輕人、旅行者和夢遊者的夜遊經歷。他穿過夢境並且「無意識」地遇見了劇中的幾個次要人物。尤其值得一提的是，該劇對哲學論述的分析主要考慮了自由思想、善惡道德辯證關係，以及劇中人物的作用和功能。夢遊者這一形象，用無目的的行走直接表達了自由的概念。他講述的是情感的自由，以及那種與人性相悖的、刻意為自己製造麻煩的心智狀態。在這裡，他用了一個很有屬性的詞「煩惱」，藉此來表示人類幾乎是為自己的生活找到目的才需要各種問題。之後，在他的第一段獨白中，他把自己定義為一個沒有麻煩的人，實際上是城市裡唯一的「無所事事」的人。

他堅信自由是完全獨立於外部世界影響的。他聲稱那種渴望控制別人生活的想法是類似上帝行為的做法。他覺得「理想化」的境界就是活著，無所事事地活著。夢遊者遇到惡棍的時候，他說他只需要安靜，以此努力讓自己記得自己的意圖。為了達到理想狀態，夢遊者試圖通過退縮自我和主觀以退避到孤獨與沉默之中。自由在這個層面上與孤獨、自省相提並論，如何「思考」成為一個重要的活動。在這之前，自由僅僅被描述為無目的和無所事事的存在。可是現在，「思考」已經上升成為自由的一個重要組成部分。從這個意義來講，夢遊者的自由思想已經做出了讓步，因為他含蓄地承認僅僅靠行走是不夠的，他需要把自己置身於一個外部世界的對話環境中，他同時也表達了這種興趣。另外，他的這種意圖很快就因為與劇中一個小角色（暴徒）的相遇而受到了挑戰。具有諷刺意味的是，暴徒控制了夢遊者的行動，他命令夢遊者來回活動和跳舞。他與劇中唯一的一位女性——妓女的相遇是致命的。他的自由意識從此結束了，因為他發現自己需要一個女人。除了妓女對他的性吸引以外，他對惡棍和暴徒的恐懼感也影響了他對妓女的愛慕之情。如此看來，外部的因素開始影響夢遊者的態度，以至於他對自由的概念完全妥協了。

後來，暴力成為夢遊者行為中的一個重要組成部分，另外通過暴力，也把善與惡之間的辯證關係與自由的概念結合起來。他的暴力行為的爆發，也是在意識到自己無法保持理想化的自由之後的一個反應。很明顯，妓女的被殺把自由這一概念關聯到了一個道德的層面，即考慮到了善與惡的對立。夢遊者涉嫌殺死妓女這一行為揭露了他惡的一面。殺死妓女之後，面對暴徒的指控，夢遊者被迫為自己辯護[4]。最後，他承認了自己為暴徒提手提箱的交易。在這裡，「商業交易準則」指的是一種現實感。雖然這種感覺缺乏自由，但是這些必要並「公認的」的規則壓倒了自由。在這種背景下，夢遊者再次實施了暴徒的指令，最後殺死了惡棍。

如果說自由指的是缺乏責任和虛無的話，他的謀殺行為可以被看成是一個徹頭徹尾的自由舉動。他還把自己的暴力行為與道德掛上了鉤，把它視為一種自衛。基本上，這是無政府主義和偽聖經的以牙還牙的道德準則[5]。這一點也被夢遊者的獨白所證實。他在獨白中說世界被邪惡統治。在這個意義上，他的行為不僅僅是一個邪惡的極端表現，還是對邪惡和個人主義占主導地位的社會的一個反應。在這個社會裡，人們的生活要靠犧牲別人作為代價。因此，他的暴力行為是被他周圍的社會所掌控，而不是一個自由的選擇。在第三幕中，夢遊者的殺人快感消失了。正相反，他被一種囚禁的感覺所籠罩。這種感覺產生於他周圍的邪惡並且與一種不斷增加的對死亡的恐懼感和沮喪相連。欲望在這裡也成為了一個否定的含義，因為它代表了罪惡的誘因。這與西方基督教的善惡價值觀以及罪惡概念產生了共鳴。夢遊者把自己與耶穌基督相提並論，並把耶穌基督描繪成一個孤獨的而且毫無拯救能力的行者。

從這方面探討，我們可以參考以傅柯為代表的西方自由理念，即與紀律作鬥爭，爭取自身自由。傅柯認為，要想從「社會紀律」和「政府文明」[6]那裡得到自由，唯一的可能就是要把個體的生活解釋為一種「個人藝術作品」[7]。在寫了《紀律與懲罰》（一九七五年）和《性的歷史》第一卷（一九七六年）後，尼爾隆對傅柯的關於「個人在顛覆中具有潛能」[8]的流行觀點做了一個一八〇度的轉彎。他對自由的一部分理解結合了科林．黑菲爾德所謂的「自律制度的美學愉悅」[9]以及麥克奈的「自我倫理」[10]思想。傅柯相信事物具有自我反身的潛能，他認為藝術不僅僅是一種工具，也可以是一種生活模式[11]。而高行健對這一思想的表述則是對那些深受「紀律」囚禁事物的一種極端戲劇化。

與此類同，柯思仁把自由說成是絕對虛無和無目的，並且把高行健的自由思想與道教聯繫了起來：

……莊子對存在的理想狀態是這樣闡述的……一個人只有把自己從外部與內部的制約中釋放出來，才能達到理想境界……然而，人們面臨的最困難的任務則是要最終擺脫內部意識的枷鎖。只有擺脫了這些限制，才能達到天人合一。[12]

用莊子的話，夢遊者不能把持自己，因為他被自己的主觀和外部條件所困。因此，他無法達到空的境界。事實上，在本劇的結尾，夢遊者試探著救贖自己，因為他承認，他的內心與這個世界一樣都已被邪惡侵蝕。在劇終，他唯一的希望就是要回到按部就班的日常生活。劇中那個擋住他去路的蒙面男子很可能代表的就是他的第二自我。在某種意義上，這意味著劇中的主人公，也泛指所有的人，都無法得到救贖。

從另一個層面來看，對自由本身的理解不僅只是在道教方面，也可以通過禪宗啟示來理解。在高行健的戲劇中，他試著用禪宗來代表精神。在禪宗啟示的觀點中，理想化的自由可以被理解為是推動個人達到啟示境界的必要推動力，要達到救贖需要經歷不同的階段。在這部劇中，人們可以得出，在複雜的社會關係中，理想化的自由只是一種幻想而已。因此，劇中的主人公沒有達到自己目標。然而，儘管失敗了，劇中人物能承認自己失敗的事實也表明他仍然非常渴望得到一種不同於通過暴力和仇殺得到的自由。這種自由是通過啟示得到的，而不是什麼預先構建好的自由，只有克服這種幻想和自我，這種自由才能產生。鑒於這些考慮，我們可以說高行健的戲劇與西方的典型自由概念是有距離的，比如西方對善與惡的道德對立，或者對紀律與自我之間的判斷準則。這個劇本對東方式的自由概念情有獨鍾。

《叩問死亡》這部作品是高行健二〇〇〇年用法語寫成的。劇中表現了兩個沒有名字的人物，人物甲和人物乙。其中，人物乙好像是人物甲的第二自我和影子。人物甲在去火車站的路途中被困在一個博物館中，並且忙於探求內心關於存在、年老和藝術的哲學問題。隨著劇情的發展，舞臺上兩人之間的差異也凸顯了出來。人物甲面對毫無意義的生活仍然努力度日。而人物乙則表現出對生活的全盤否定，並勸說人物甲向生活投降。死亡在這部戲劇裡代表一種結束的方式，也是這部戲劇的結尾。這部戲劇中所描述的旅程也就是通向「有目的」死亡的道路。在這裡，死亡代表了一個對痛苦人生的解決方法。

我們需要審視一下戲劇中的旅程和死亡在精神層面和哲學方面的含義。這裡的旅程暗指生命的鏡像、上帝以及藝術的存在。在一種否定過去、否定經驗和兩者都否定的意識中，記憶、遺忘和過去被連接了起來。人物乙明確地指出，不顧一切回到過去，無異於服毒自殺[13]。這種對過去的否定態度來源於這樣一種認知：時間沖淡了生命的歡樂，而生活是一條永遠變化著的由事件組成的河流。記憶作為對過去事件的反映，變成了一種痛苦。因為它把人們帶回到那些永遠消失了的時刻。更重要的是，如果我們把博物館這個暗喻進行延伸，那麼困在博物館中的狀態也就是與存在條件進行的類比。一位老人在孤獨中迷失了方向，他把自己比作博物館——一個典型的收藏過去的地方，同時也是被遺忘的對象和沒有意義的東西。過去讓博物館和這位老人活著，也讓它們變得不朽。但是它們卻深陷入藝術當中，成為了一個讓人瞻仰的地方。這使得不朽變得空洞並且沒有意義。

另外，人物乙解釋了人物甲之所以被困於博物館內是因為他踏上了尋找某人的旅程[14]。不但無法和那人會面，還落得了被困於博物館內的境地。人物乙的解釋暗指一個被錯過的機會，錯過了會面，但他同時也對旅程的動機提出了質疑。他的處境向人們暗示，生活中的任何行動或者渴求遲早要注定失敗。因為機會總是走在你前頭，一旦錯過，它永遠不會等待你。因此，如果我們相信人物乙的敘述，那麼這個旅程也就變得沒有任何意義。同時，行動因為時間的逝去而遭受重創，直到漸漸從記憶中抹去。這裡再次把自由的概念引入，從「無憂無慮的生活」角度來看，它具有一種肯定的價值，它終結了那些無休止地、想方設法實現自己抱負或渴望的行為。而把死亡作為唯一解決方法的思想同時也是一種死亡[15]。

這種把死亡看作一種結束痛苦的良藥的觀點會引起大家的討論。精神能夠平息你的欲望或者讓你變得無欲嗎？這都回應了佛教中的點化思想。這部戲劇中還有這樣一種意識：當生命走到盡頭時，宗教或者精神信仰都無法慰藉，因為「上帝已經死了」。死亡馬上來臨，而且沒有任何希望得到拯救。那麼記憶和過去也都失去了它們的價值。這裡有一點很重要，高行健在《文學的理由》中批評人類殺死了上帝。因為人類代替上帝成為了「造物主」。高行健還特別談到，藝術家們殺死了上帝[16]。從宗教的範疇來看，精神的產生源自信仰的缺乏：在西方是指對基督耶穌的信仰；而在佛教中則是指對菩薩的信仰。劇中的人物表示了對精神拯救的徹底否定，根本就不會有什麼超度。在這樣一個視角中，死亡變得微不足道，對人們的影響也就無足輕重。

這種信念的形成還有它的虛無思想在劇中都不是用事實表現出來的。它只是在劇情發展過程中，通過兩個角色的互動展現的。從劇中的人物對話角度上看，人物甲和人物乙有兩個不同的立場。人物甲宣揚一種及時行樂的人生態度。這個視角看似體現了古希臘的哲學思想，特別是伊比鳩魯（西元前三四一—二七一年）那種宣揚不要在乎死亡的人生態度[17]。從這個觀點來說，人物甲把死亡看作一種安慰，他想把宿命論帶來的在劫難逃和虛無縹緲都神祕化。正相反，人物乙批評那種得過且過的生活態度。他認為人們只有活著才能意識到自己的弱點和死亡。後來，還是人物甲吵著要「自殺」。有趣的是，劇中人物用不同的兩個動詞來描述造成自己死亡的行為。用se tuer這個詞來描述自殺，實際上也是說要直面人生；而用suicider這個動詞來表示自殺則是指一種絕望的行為；相比之下，用「他殺」和「殺死自己」則是指對生命有意識的認知。當描述人物甲彷彿是在人物乙的勸說下自己殺死了自己時候，整個戲劇也宣布了結束。

至於精神方面，在他以前的戲劇中，儘管對自由的本質有各種質疑，劇中的主要人物還是被描述為渴求精神上的啟示，藉此得到一些安慰。在本部戲劇中，這樣的精神安慰被完全否認了。這部戲劇似乎也結束了高行健對禪宗與靈性的喜好。這次他所塑造的人物選擇了「及時行樂」的人生哲學，並最終選擇了死亡。死亡被確認為一個選擇，一個存在的選擇。

從死亡幾乎可以看出西方無神論者對待信仰和生活的態度，他們認為死亡是最後的終點。對尼采思想的回應可以追溯到上帝之死的說法。舉例來說，上帝死亡這一概念[18]意味著授予權力，正因為如此，人類奪回了控制權，從上帝那裡重新獲得了那些被宗教濫用的權力：「我們必須成為自己的上帝」[19]。此外，人物甲的聲明似乎非常符合尼采在《查拉圖斯特拉如是說》（*Thus Spoke Zarathustra*）一書中的視角。在這本書中，生活被描繪成一個創造「悲慘」的表演，而它的偉大正在於這場悲劇本身。死亡，是生命中最悲慘的事件，也是可以在觀眾面前展現的最偉大的時刻。尼采思想的應用在《悲劇的誕生》一書中早已提到過，人物甲和人物乙代表了尼采的沉醉藝術世界之精神，其中阿波羅型和酒神型在藝術中相互對立、一分為二，並占主導地位，但總是意味著痛苦和「悲劇」。

審視劇中人物的對話發展和兩個人物之間討論生與死的辯證關係，那麼從佛教的角度來看，通過讓人物甲自殺，這部戲劇讓佛教的啟示作用變得完全不起作用。與以往的劇作相比，這種近乎虛無主義的選擇表明，一個親近西方哲學消極思想的內涵似乎戰勝了作者內心的東方價值觀念。人們可能會認為，高行健正在疏遠他自己的東方之源，而去擁抱虛無主義的西方哲學方式。其實這可能是個誤解。因為，幾乎和《叩問死亡》同時問世的是高行健的另外一部作品《八月雪》（這部劇後來在臺灣演出）。根據方梓動援引Fu Yuhui的話：「這部作品是高行健對禪宗精華理解的淋漓展示」[20]。

讓我們回到「冷劇場」這個定義，對於它是否超越文化界限還旨在精神拯救這兩個論點，通過對這兩部戲劇的分析我們可以認為，這兩個論點都得到了證實。儘管側重點不同，這兩部戲劇都演示了高行健的作品是如何貫通東西方哲學的方法。除了討論哪部劇作中何種哲學成分占據了主導地位，值得注意的是高行健的主要哲學關注質疑的是個體與其精神的關係。這種質疑最終也意味著一種從社會制約因素中的解脫，同時也是一個徹底的自由行為。正是從這個角度，「冷劇場」這個的派生的新概念其實與原有的「冷文學」的本質相連。它們都深深嵌入了逃離和解放個人的巨大推動力，這也是高行健的跨國精神的精髓。

1. Gao Xingjian（高行健），〈文學的理由〉PMLA published by Modern Language Association of America, Vol. 116, No. 3 （May, 2001）, 602-60.
2. Henry Zhao Toward a Modern Zen Theatre: Gao Xingjian and Chinese Theatre experimentalism （London : School of Oriental and African Studies: University of London, 2000）, 128.
3. 陳吉德《中國當代先鋒戲劇 1979 – 2000》（北京：中國戲劇出版社，2003），277。
4. 高行健《夜遊神，高行健劇作選》（香港：明報出版社有限公司，2001），360。
5. 以眼還眼，以牙還牙，以手，腳對腳，燒的燒，切割切割，挫傷和擦傷。如果你打你的奴隸之一，並造成對眼睛造成的損失，奴隸必須設置免費的。Exodus 21: 24- 27.
6. Michel Foucault, “What is Enlightenment?” in The Foucault Reader, ed. Paul Rabinov

（London: Penguin, 1991）, 32-51.

7. Michel Foucault, "An Aesthetics of Existence," in Politics, Philosophy, Culture: Interviews and Other Writings 1977-1984, ed. Lawrence Kritzman（New York and London: Routledge, 1990）, 49.

8. Jeffrey T. Nealon, Foucault beyond Foucault-Power and its Intensifications since 1984（Stranford: Stranford University Press, 2008）, 9.

9. Colin Hearfield, Adorno and the Modern Ethos of Freedom（Aldershot: Ashgate, 2004）, 97.

10. Lois McNay, Foucault: a Critical Introduction（London: Continuum, 1994）, 133.

11. Michel Foucault, "On the Genealogy of Ethics: An Overview of Work in Progress," in The Foucault Reader, ed. Paul Rabinov（London: Penguin, 1991）, 350. Johanna Oskala, Foucault on Freedom（Cambridge, UK; New York: Cambridge University Press, 2005）, 3.

12. Sy Ren Quah, Gao Xingjian and Translacultural Chinese Theater, 157-158.

13. Gao Xingjian, Le Quêteur de la mort, Le Quêteur de la mort suivi de "L'Autre rive et La Neige en août.（Paris: Seul, 2004） 33.

14. 同上，頁三九。

15. 同上，頁四二。

16. 同上。

17. 這是從Tetrapharmakos（四個部分治癒）. Keimpe Algra et al., ed., Cambridge history to Hellenistic philosophy （Cambridge: Cambridge University Press, 2005）, 643.

18. Frederick Nietzsche, "Thus Spoke Zarathustra Prologue 3," in The Nietzsche Reader, edited by Keith Ansell Pearson and Duncan Large. （Oxford: Blackwell, 2006）, 256.

19. 同上頁二六〇。

20. Gilbert Fong（方梓勳）"Introduction: Marginality, Zen and Omnipotent Theatre" in Snow in August trans. By Gilbert Fong （Hong Kong: The Chinese University Press, 2003）, xvii.

參考書目

陳吉德，《中國當代先鋒戲劇1979–2000》北京：中國戲劇出版社，二〇〇三。

Algra, Keimpe et al., ed., *Cambridge history to Hellenistic philosophy* （Cambridge: Cambridge University Press, 2005.

高行健，《夜遊神》高行健劇作選，香港：明報出版社有限公司。

Hearfield,Colin. Adorno and the Modern Ethos of Freedom. Aldershot: Ashgate, 2004.

Fong, Gilbert 'Introduction: Marginality, Zen and Omnipotent Theatre' in Snow in August trans. By Gilbert Fong Hong Kong: The Chinese University Press, 2003

Le Quêteur de la mort suivi de L'Autre rive et La Neige en août. （Death Collector, followed by the Other Shore and Snow in August） Paris: Seul, 2004.

〈文學的理由〉 "Wenxuede liyou" （Reason for Literature）. PMLA published by Modern Language Association of America, Vol. 116, No. 3 （May, 2001）: 602-60.

Kelleher, Joe and Ridout, Nicholas ed., *Contemporary Theatres in Europe – a Critical*

Companion. London & New York: Routledge, 2006.

Lehmann, Hans-Thies. *Postdramatic Theatre*. London: Routledge, 2006.

McNay, Lois. *Foucault: a Critical Introduction*. London: Continuum, 1994.

Nealon, Jeffrey T. *Foucault beyond Foucault-Power and its Intensifications since 1984*. Stranford: Stranford University Press, 2008.

Nietzsche, Friedrich. *The Nietzsche Reader*, edited by Keith Ansell Pearson and Duncan Large. Oxford: Blackwell, 2006.

Oskala, Johanna *Foucault on Freedom* Cambridge, UK; New York: Cambridge University Press, 2005.

Rabinov, Paul ed. *The Foucault Reader*,（London: Penguin, 1991）.

Quah, Sy Ren *Gao Xingjian and Transcultural Chinese Theater*. Honolulu: University of Hawaii Press, 2004.

Yu, Shao-ling S. “Introduction” in *Chinese Drama after the Cultural Revolution*, 1979-1989 ed. Shiao-Ling S. Yu. Edwin Mellen Press, 1996.

輯三　高行健的藝術風景

成於言——從高行健作品看藝術的境界

楊煉

詩人龐德在他的巨著《詩章》中寫道：「誠」這個字已造得完美無缺。《說文解字》注「誠」字曰：信也，從言成。從一個「誠」字入手，討論高行健作品的藝術境界，似乎離題，但深入些看，何為「境界」？如何建立、抵達那「境界」？卻從來沒有被說清楚過。「境界」一詞，人人談說，順口順手，可又含義極度模糊，一片臆想中，不知其然更不知其所以然。最終，什麼都是「境界」，於是根本沒有「境界」。有的只是自說自話，甚至自我吹噓。

在我看來，「境界」的全部含義，在於**完成人的精神超越**。這裡，已經指出了構成「境界」的幾個因素：一，面對「人的」處境。這處境又分為外、內兩個層次。

二十世紀的中國人，太熟悉外在的困境了，生活的貧困、政治的險惡，文化環境的汙染匱乏，猶如一只與生俱來的籠子，鎖著我們的生命。但同一個壓力下，為什麼有的人屈服追隨？有的人特立獨行？知道世上沒有天堂，那麼是加入、還是反抗每一個地獄？即使有嚴酷的查禁，但不為出版而寫、甚至如高行健的《靈山》「為不出版而寫」，已構成了對困境的超越。這樣的寫，純粹出於信念。而寫出的作品，無論什麼體裁，它們共同的名稱都是「詩」。一種掙脫特定時空限制，與古往今來偉大靈魂相交相通的形式。與之相連的第二個因素，就是「精神超越」。這超越以現實困境為前提。困境的難度越深刻，超越的能量越大，一個人建立的「自覺」越完整和強健。

就是說，「精神」並非超越到人生之外，恰恰相反，它一步步構成了人生的縱深。第三，必須注意放在最前面的「完成」那個詞。人的精神超越，不是空喊口號，而是用一部部作品中實實在在的「怎麼寫」，證實藝術家在「寫什麼」。當高行健不停突破人們預期，拿出新作，令我們感動的，不只是他的天才，更是那個激發他超強活力的精神血緣，一層層帶領他突圍，把中國、西方、中文、外語、此岸、彼岸、現實、虛構統統變成假命題，而藝術直面一個人的存在，把它追問成一個思想宇宙。直到，藝術和人格，一而二二而一，互相成就，不可分割。

我讀高行健的作品，在字裡行間，看出的兩個關鍵字是：真誠和純粹。因為真誠，一個藝術家在生活中只能坦白地面對內心，用自己的感受判斷一切觀念，不論那觀念怎樣官方或流行。因為純粹，一個藝術家不能容忍把作品降低為「工具」，而淪入一種他所反抗的宣傳思維。在二十世紀中國的獨特語境中，要維護這樣的真誠和純粹很難。反之，要利用各種政治説辭牟利卻很容易。事實正是如此，例如，借助於冷戰意識形態的現成知識，「地下」、「流亡」這些辭彙，似乎成了當代中國藝術家的專用頭銜，甚至可以據此要求「優待種族歧視」：降低和忽視藝術的標準。在西方，一部作品「可能被查禁」，已成為代理人向出版社推銷它的理由，那暗示著，有可能獲得報刊的炒作，並使出版商從中獲利。這種實用，本質是虛偽。但是作為一個中國藝術家，拒絕戴上這樣的頭銜，就是拒絕在西方本來不多的謀生之道！我曾把「大主題、小形式」作為貧弱文學的標誌，這也包括骨子裡投市場所好的各種「政治正確」。「大主題」經常可以套上耳熟能詳的口號，例如民主、例如革命，卻不必追問其中究竟的含義；「小形式」則是用放棄藝術的獨立，來放棄藝術家精神的獨立。當高行健說：「個人改變不了世界」，我從中聽到的正是一種藝術家的誠實。那並未迴避什麼，而是明確了思想焦點：像一個人那樣活著，並用藝術的創造挑戰整個存在。於是，我們看到另一種現象：他不喊政治口號，但從開始就明確了做人的原則，在六四後公開宣布「不期待在我有生之年回到一個極權政治下的所謂的祖國」。他不玩民運遊戲，但通過作品清楚堅持獨立思考和言論自由。他不追逐藝術運動，卻返回「藝術」一詞的根，不停探索人性的黑暗去激發創作的能量。他不理睬藝術時髦，卻汲取古今中外的精神資源，把自身建成一個點，自覺傳承構成人類精華的偉大個性。或許，在「個人改變不了世界」後面，我們還可以加上一句：「於是，就用改變個人去改變世界」。好熟悉啊，這怎麼簡直就是中國經典「修身」之說的回聲？所有向外的突圍，其實都是向內的。在否定改變世界的煽情之後，我們才能學會卡繆所說：讓旅行變成「一種偉大的學問，領我們回到自己的內心」。

高行健七十歲了。他的人生、思考和創作，跨越了二十和二十一世紀，要在這個漫長、複雜的歷程中做到真誠和純粹，且自覺實踐它們，從而真正成為一個精神上的倖存者，標準不是太低，而是太高了！中國猶如一個夢魘，糾纏著我們也糾纏著世界。我曾到過一九〇五年日俄戰爭的戰場旅順，但沒有一個住在大連的朋友，哪怕想過我的問題：「如果那場戰爭，以俄國的勝利結束，對中國和世界會有什麼影響？」那很可能，由這場戰敗作導火線的聖彼德堡的「一九〇五年革命」就不會發生，沙皇統治不會動搖，一次大戰中列寧也無從乘虛而入，奪取俄國政權、建立共產國際，由共產國際直接「輸出」的中共，也就無緣闖進中國歷史，整個二十世紀將根本沒有國際共運這一場大大的鬧劇！時間跨入一九八九年，BBC後來拍攝的柏林牆倒塌的紀錄片中，那個掌管東柏林查理檢查站的東德軍官，正是嘴裡念叨著「我手上不能出天安門」，下令打開柏林牆大門的。他曾經在等待東柏林的命令，而東柏林在等待莫斯科的命令，而那個必須下令的戈巴契夫，卻正是前一年五月訪問過北京，親耳聽到天安門學生的呼聲，也因此被屠殺徹底震驚了的。這揭示了他深深沉默的原因。時間再推進，冷戰記憶轉眼已如中世紀般遙遠，但「全球化」之夢帶來了什麼呢？中國，可以同時兼職共產專制領袖和世界資本主義的龍頭老大，在意識形態專制和玩弄商業遊戲間，並行不悖遊刃有餘。它又成了一塊里程碑，提示給人類：你們其實能多麼自相矛盾，人的精神可以墮落得多麼徹底！每個中國人，幾乎已先天接受了大歷史對個人命運的入侵，但卻並非人人意識到，個人命運恰恰也構成了大歷史的深度。文學，正是這深度得以呈現之處。它或許也是反抗者唯一的退守之地，相對於所有這一切：中國政治的官方、西方利益的官方、「只有言辭、沒有思想」（老高的話）的惡俗品味的官方、每個人內心的官方：屈服於自身物欲，放棄人生原則，私下認可的自私和玩世不恭——寫，因為不得不寫。老高說：好在我們有文革經驗的底線，即使那種惡劣環境，也要寫下去。我的辭彙「噩夢的靈感」，在今天獲得了新的含義：不再依賴別人的教科書，而是靠中國深刻現實的啟示，我們的寫作，成為當代人類嚴肅思考的一種標誌。

高行健的七十歲，不僅遭遇了中國最動盪的生活，更置身於中國人最混亂的思想中。綿延數千載的中國傳統文化，在鴉片戰爭後，首次面對真正的外來文化衝擊時，突然像一根生鏽的彈簧，暴露出極度缺乏應對的彈性和能力。比較歐洲歷史就更容易看出，中國文化雖然自成一體，但缺乏對自身精緻認識的自覺，尤其缺乏與外來思想抗衡中，提煉（提純）自身深刻思想根基的能力。千餘年前差強人意的引入佛教，先借闡釋道家思想融入「中土」，又被《心經》式的絕佳漢譯偷換成了中文經典，最後主要成為中國士大夫的哲學智力遊戲，而源於印度的深刻宗教意識被刪除淨盡。此外，其他游牧民族的軍事侵占，更幾乎沒留下思想史上的意義。我們津津樂道的「同化」，其實並非思想的勝利，而是漢字的成功。任何學習漢語及其書寫的外族，無一不被這語言獨特的思維方式吸收消化、骨血無存。但是，二十世紀的中國人就沒那麼幸運了，「西方」除了武力，更有同樣自成一體的文化，包括對其他文化構成裁判、甚或摧毀能力的「進化」理念。不得不說，正是這個理念，以西方為座標，把五四一代從過度自豪直接推入了過度自卑，從「全盤西化」、「打倒孔家店」到「破四舊」、「批林批孔」，使中國人淪為二十世紀世界上最極端的「自我文化虛無主義者」。它的另一個名字是：文化自殘者。二十世紀每一代中國文化人，都在尋找自己的西方思想模特兒，但突然，站在二十一世紀，我們發現自己環顧茫茫：西方同樣面對危機，且或許更加深刻。那麼，作為一個中國藝術家，今天將魂依何處？

人們用「藝術的他者」來討論高行健特立獨行的作品。這個標題用得好，但同時，它不也正指出了一個簡單的事實：我們本來就除了「他者」一無所有？我是說，西方當然是我們的「他者」，但中國傳統文化又何嘗不是（更為隱蔽的）另一個「他者」？哪個中國人在今天敢稱自己為「傳統的」中國人呢？我要說的是，誤以為在中國的古典和今天之間有一條直線相連，是最大的幻象。甚至貌似不變的中文，其實也早已分裂為字和詞兩個層次。字是傳統的、感性的，銜接在古典觀念（如時、空）上；詞則是翻譯的、概念的，多半由日本人為引進西方觀念組合漢字而成。一種「雙重的二手貨」？一個比美國英語還年輕的「古老」語言？但同時，又怎能設想一個現代中文沒有民主、科學、法律、國家、運動、鬥爭、人民、政府、宗教、傳統、現代、社會主義、資本主義，乃至唯物、唯心、哲學、美學、時（間！）、空（間！）這些辭彙？如是，我們的問題，就不是有沒有思想，而是能不能思想了！這裡，藝術家的困境和能量同樣觸目：對自己的古典傳統，不能談「傳承」，只能去「創造」。高行健的「創作美學」之精義也就在此：不因襲（因為無可因襲）任何現成理論套話，全方位敞開自己，把自己變成一個巨大的吸附和轉化器官，跨時空、也跨形式地把自身組建成一個新的傳統。我在他的作品中讀出了一個重寫的譜系：《山海經傳》處理文化起源，《聲聲慢變奏》、《八月雪》更新古典精神，《靈山》貫穿遠古和當代，《逃亡》、《一個人的聖經》深化現實啟示，從《彼岸》開始一系列現代戲劇（我不用「禪劇」這種過於明確——因而局限——的文化符號），從語言學到哲學推進層層的自我追問，而他的繪畫、電影、歌劇，則進行不停的美學整合，再經過一系列「另一種美學」的觀照反思，建立一座精神自足的城堡。我們正是通過自覺，把自己變成了「他者」之中那個主動的「他者」。這兒，我把「傳統」作為「過去」的反義詞來使用。「傳統」必須是活的，以個性為創造根源的，猶如我們在屈原、司馬遷、惠能、湯顯祖、曹雪芹身上看到的；而「過去」則是現成的知識，一種延續數千年的人云亦云。它對人性不是證明，而是取消。我們的文化分裂，使我們下臨無地，只能在深淵上，把自己的創作變成「一座向下修建的塔」（我的書名），不得不寫，寫了再證實非這樣寫不可的理由。「藝術的他者」，終於，正是人類精神的回歸者。

如果問，二十世紀的歷史教會了我們什麼？回答可能只有一句話：拒絕任何假「真理」之名控制他人的權力。這個「權力」，正如前述的官方，遠不止已成套話的共產黨專制，也包括西方「民主」許諾下黨派們的交易，包括與生存真實無關的

「思想」，和充斥書店畫廊的遊戲點綴般的文藝。這個「真理」呢？可以翻譯成「人權」、「民主」、「革命」、「全球化」、「後現代」、「多元文化」、「政治正確」等等詞藻，只要有一條：它足夠空泛，足以被玩成形而上學的語言遊戲。就是說，龐大到無人能對其做出判斷，於是使用者可以隨機應變、給這空洞填進任何實用的「定義」。我們自己的中國經驗就是證明：從五四的「全盤西化」激情到文化大革命，夢想中的「革命」，卻一次次醒在最黑暗的歷史深處。那哪裡是「歷史的痛苦」？更該說是「沒有歷史的痛苦」。同理，當談論「人權」的西方首腦，偷換「經濟」和「黨派利益」的概念，用雙重標準把「見利忘義」表演得纖毫畢至，「政治苦難」又哪裡是非西方人的專利？因此，當高行健清楚地拒絕「藝術革命」的概念，他實際上拒絕的，是一個空泛的「歷史邏輯」。更具體些，是那雙企圖代替別人決定「歷史邏輯」的手。因為最可怕的集權，正是思想的集權。每個人應該篩選自己的傳統、重寫自己的歷史，決定自己的現實態度。只有自己能做這件事。而做它的原因，不是代表「真理」，而是基於「真誠」。仍然是一個「誠」字，從感受世界、汲取經驗，到落實為對自我的提問。「誠」意味著對自我的自覺，包括徹底的懷疑和批判。

有了這個認識，也就很容易理解高行健那些頗有深意的新提法。例如，高行健的「創作美學」之説，或許有人會誤以為他在一般意義上「反觀念」，但正如他的知友劉再復所言，老高同時正是一個思想家，而且是一個在作品中，有能力啟動偏遠的民俗、塵封的經典、陌生的異域，甚至鬼魅神怪世界，從中汲取超越東、西方粗陋分野的思想家。既談「思想」，怎麼能離開「觀念」？某種意義上，高行健跨越諸多體裁的藝術創作中，最引人注目之處恰恰在其「觀念性」。持續幾十年的「高行健現象」，堪稱一件突破思想邊界、不停從藝術家自身再出發的觀念藝術巨作。只不過在這裡，他的觀念，正與用現成「藝術」理論批量生產作品的捷徑相反罷了。於是，問題從不在於要不要「觀念」？而只在於要什麼「觀念」？以及什麼時候「要觀念」？高行健的回答肯定是：要自我的、開放的、不停質疑不停創造、「認識再認識」的觀念，以此破除一切固定思想的企圖。另外，雖然時刻在思考，卻又避免在創作中，落入任何圖解觀念的陷阱。一幅畫、一行文字，必須活生生迸發自本能，只不過那是思想沉浸修煉後的「本能」。我曾説過「在思想的深處感覺」，與此正有異曲同工之美。正是思想的縱深，使人的感覺加倍敏銳豐富。作品瞄準、並一舉捕捉到那深海裡的巨鯨。因此，我的書從不被叫做詩集，它們的正式名稱，是「思想—藝術項目」。

我曾反覆說過，當代中國藝術的兩大特徵，正是觀念性和實驗性。它必須有很強的觀念性，因為處在古今中外的「他者」之間，中國或中文，都是全新的現象。我們的提問，必須由自己解答。因為找不到任何現成的理論能解答它。西方研究「影響的焦慮」，可在我們這裡，該「焦慮」的，恰恰是「沒有影響」——渴望被影響卻得不到！所以，高行健之「高」，正在於他貌似套用禪、道的思想，《山海經》、李清照的話題，《金剛經》、莊子的風韻，實際上卻幾乎無處不反其道而行之。托禪、道而反說教，用典故而言當下，在靈光四溢的語言流中沉吟人性的走投無路。我從他那些無名無姓、甚至性別不辨的「人物」，不僅讀出多人稱、更讀出《無人稱》（此處加了書名號，是因為我的一部詩集正以此為題，心有靈犀嗎？）。一種比無人更絕望的處境：明明有人，卻無法（無能）稱呼他。一個存在，明知在毀滅又無力表明自己的毀滅！這幅肖像，僅僅畫出了困窘的當代中國文化？或簡直畫出了一切「人」？有些論者總喜歡給中國文學套上西方馬軛，找一個西方時間表裡的刻度，例如高行健對應尼采、或對應卡夫卡，但為什麼不能對應古希臘的阿里斯托芬？同時對應《大師和瑪格利特》的作者布爾加科夫？他那些兼有悲劇言辭和喜劇效果、最終以荒誕鬧劇告終的作品，猶如沒有西方對應形式的中國「散文」，或京劇男聲唱出的女腔，是「另一種美學」。它們不應被分解，因為這內涵和形式的整體，體現了一種思想深度。這正是當代中國藝術家的機遇：發展自己的能力，來整合如此錯綜複雜的資源，這思想家甚至小一點兒都不行！人們感歎老高創作能量的豐厚，那也算「噩夢的靈感」吧，只不過，僅有政治的噩夢太低了，要感謝我們文化的、語言的、自我的和美學的噩夢，因為它們用多重裂變，深化了我們的存在危機感，並且由此定出「藝術」的高標準。正因為有一個持續在內心中的「對話與反詰」，才特別「美」。不停倒空自己，又靜心聆聽這眼深井中不斷滲出的汩汩清水，作品的源頭何枯之有？

當代中國藝術觀念的深刻新穎，由內而外地引申出它形式上的實驗性。我說過：大到一部長篇小說，小到一行詩、一筆書法，所有當代中國文學藝術，都是充滿實驗性的作品。原因很簡單，因為構成作品的元素，來自極端不同的源頭，怎麼跨時空組合，全看藝術家提出的內在要求。這方面高行健也創造了一個典型的「現象」：他的作品，既跨越時空，從《山海經》到歐洲週末的度假屋，從六祖惠能到穿行黑夜的列車車廂，從眾目眺望的彼岸到每個人暗自叩問的死亡；又跨越體裁，小説、戲劇、繪畫、電影、理論、散文，直至最近越來越點明主題的詩歌，你可以一件一件欣賞它們精雕細刻的細部，玩味那語言、那節奏，更可以把它們看成「同一件」作品，把握隱含、貫穿其中的根本意識和結構關係。這裡，「實驗」既是名詞又是動詞。它概括了作品的意識，又是推動作品更新的內在動力。我特別注意到，高行健的「實驗」，並非一味追新尚奇，玩弄怪誕。相反，令讀者感到「新奇」的，經常正是他作品中回返樸素的東西，例如《靈山》中那些流淌著現代漢語節奏美的語句，相比於它們，論者紛紜的多人稱複調等等，簡直像這「語言流」本身自然而然帶出來的！這讓我想起被人們誤解違反傳統的「朦朧詩」，相比於同時的宣傳「詩」、政治「詩」，「朦朧詩」一點不朦朧，更不反傳統，我們恰恰是在淨化語言，從而找到對古典回歸之途。正是從那裡，當代中文詩開始了自己真正的生命旅程。這樣，中國文學實驗性的潛臺詞，也被聽清了：顛覆作為一種「集權思維」的西方進化論式的時間性。所謂全方位組合，就是在「共時」意義上貫通古今中外。或許，今天我們最富有實驗性的創作，恰恰是寫一首「新古典詩」。在充分自覺中，創造能夠和古典中文美學神似的形式，卻表達當代感受的深度！這也就和簡單地「玩」形式劃清了界線。高行健質疑西方二十世紀藝術對「新」的迷信。他在和我一九九三年的長篇對話《流亡使我們獲得了什麼？》中說：「今天提出的問題是：作家可以在形式上玩任意的花樣翻新，不會受到任何拘束，這樣的形式，還有意義沒有？……文學的新形式，就好比時裝，僅僅是一種時髦。如果作家，在藝術形式的主張後面，沒有他自己要說的話，就和時裝一樣，玩玩而已。」我們討論的結果，把衡量創新形式的標準，定在了「必要性」上。也就是老高說的「藝術主張後面，有自己要說的話」，而且非如此說不可！「新」因為非此無以表達那種「深」。以至於每一件作品，都像一個人那樣有種靈魂和軀體的統一。文學，就這樣回到了它的原點：充分人性的，開放生長的。「老莎士比亞永遠也不會過時」，老高說。

那麼，回到本文的題旨，什麼是「藝術的境界」？很複雜也很簡單，就是兩句話：從現實提煉精神，用藝術完成超越。前者強調人性的深度，藝術不論過時與否，卻有深淺之分。屈原的天問浩歌，徐渭的青藤倒掛，滋生於同一種人性拷問。後者要求作品的精美，必須有完成度最高的形式。讓不可代替的形式證實不可代替的思想。在這一點上，甚至屈原、杜甫，都還有劃分「載道」與技巧之嫌，我更欣賞李商隱，他的詩裡，美直接就是人生。渾然一體，純粹到極點，以至人性和美學成為同義詞，審美同時審閱一切存在。我提到「現實」一詞，為了指出一個藝術家必須關注的立足之處。藝術絕非憑空而來，它是藝術家整個人生經驗的提煉提純。藝術家生存、思考的深度，就是藝術品能夠抵達的深度。同時，我強調「藝術」一詞，為了點明作品踰越作者局限的能力。它們並非僅僅作用於此時此地，這個現實這個時空，而是發掘溝通一切靈魂的深層次，讓我們在那裡相識相遇。這個意義上，所有偉大的作品，都是抽象藝術。高行健應當很熟悉這個思維，請注目他的繪畫，那兒具象與抽象潺潺流變，何為具象何為抽象？何時具象何時抽象？盯視久了，反而看出具象的茫茫和抽象的精確，此起彼伏彼此煥發。幻象重重間，唯一之象正是「萬象」！以此原理，證之於他的小說，「語言流」是層次一，「多人稱」是層次二，整體的樂感是層次三，且以音樂空間返身統攝全文。再證之於他的戲劇，從一個人物多重人稱，到一個演員多重身分，從對社會、人生、男女、思想，直至愛情的徹底質疑，到創作態度一貫的嚴肅認真，最終，作品說出了那個絕非外在的「真理」：人，必須創造和自我的距離，以更深地認識人自身。

我最喜歡高行健用到的一個詞：「這樣一種文學」。是的，不是總稱和泛指，而是經過精確篩選的作品。因為在空話謊話流行氾濫的當今，甚至絕大多數「文學」，也無非投市場所好，力爭變成這無聊世界的花俏裝飾。所以，「這樣一種文學」，並非能僅僅忍受孤獨，而是要自覺尋求孤獨，以孤獨去反證「文學」的意義和價值。這就又回到「真誠」了。二十世紀中國災難重重的亂世，銜接上了二十一世紀世界紙醉金迷的亂世，一個作家如何選擇自己的寫作？高行健提出兩點：一是「弱者的力量」，二是「冷的激情」（他原來的詞是「冷的文學」）。承認個人的「弱」，恰恰需要更強的意志。而不追求流行之「熱」，反而得靠深沉得多的激情。作為詩人，我不得不說，這種詩意，只有「詩」這個命名當之無愧。寫作愈久，我對詩之純粹感受愈深，也愈加慶幸我這個冥冥中若有神助的最初選擇。為什麼會選擇詩？且多年來，不停地把變幻的環境「納入」詩歌，直到把人生變成一個詩的「同心圓」，其根本理由，大約仍是我早在一九八五年的文章《重合的孤獨》中就寫過的：「人在行為上毫無選擇時，精神上卻可能獲得最徹底的自由。人充分地表達自身必須以無所期待為前提。」這不是來自靈感，而是來自現實殘酷的啟發。不得不說，這啟發令我受用無窮。是的，不是輕薄地玩弄意象，以討空洞世界的歡心的泛泛「詩歌」。我希望寫的，必須是「這樣一種詩歌」：其「純粹」，完全基於主動尋求的思想深度和藝術難度，而非被動地來自市場的拒絕。用我的語言，這必須是一種「極端的詩」：與存在極端的血肉關聯、對詩學極端的思考探索、形諸作品極端的形式和語言。我的幾首長詩，在國內寫作五年和《靈山》一樣在一九八九年完成的《YI》，在國外歸納漂流經驗和思考寫作三年多的《同心圓》，以及最近以自傳因素為基礎、寫作四年多剛剛殺青的《敘事詩》，都是令譯者評者（更不用提出版者了）生畏的長詩，不僅「長」，它們更是一次次對中文詩學表達可能性的極端探索，僅僅用「非功利」來談論它們未免太低了，要體會、理解這樣的作品，你得借助喬伊斯談他的《尤利西斯》的話：「誰沒品嘗過流亡的滋味，就讀不懂我的作品。」要知道，茫茫宇宙中孤身漂泊時，有一卷長詩，數年中給你的生命一個焦點，給你的靈魂一個伴侶，多麼珍貴！那是老友，更是諍友，告誡你這條精神旅途上，不能停滯。你必須愛上那艱難，同時贏得那美麗。我想，這也解釋了，為什麼高行健近年的《逍遙如鳥》、《夜間行歌》，越來越直接呈現於詩歌形式。我幾乎感到，那是老高敏感地聽到了作品的內在選擇。那個一直隱含於他作品各種體裁中的「詩意」，終於直接現身，在藝術的最高海拔上，直接呼吸古今中外的偉大精神。「藝術的境界」，就是「這樣一種詩歌」。

談論高行健創作技巧的文章很多了，但我想強調指出的，是與這番「詩思」相配套、卻又觸目缺席的題目：他作品中的音樂性。早期的《野人》，有意識地使用複調結構，已包含了建立音樂空間的意識。《靈山》中「語言流」的節奏感，和「多人稱」的結構因素，整合出的也是一首多聲部、中西樂器合奏的交響樂。再後來，且不說《聲聲慢變奏》、《周末四重奏》的題目本身，就是音樂提示，內容更吻合音樂的演進程式。我甚至覺得，他所有戲劇中那些出聲或不出聲的「意象」（再次借用詩歌的術語），不僅在偶然地碰撞中，迸發出新的意義，而且還共同構建出一種音樂空間，又由它統合掌握，最終形成一件件玲瓏剔透的作品。這種被音樂「隱身」統合的情況，我只有在中國最精美的古典詩歌形式「七律」中見過。試想，杜甫著名的佳句「風急天高猿嘯哀」，三個純然並列的意象，如果沒有背後平仄制約的音律，靠什麼連接到一起？這也指出了當今眾多詩人的毛病：粗糙地拼湊意象，詩句中卻聽不見音樂的能量。但在高行健這裡，口語的流暢、文言的典雅、俚俗用詞的灑脫、歌唱呼號的放縱，以至舞之蹈之的巫術野性，都是音樂的元素，都像一件件樂器，聽從一種詩意的指揮，加入藝術大合唱。尤其困難的，他是以中文這種「看不見」音樂的語言，在視覺太快太強的方塊字中，創造出能被清晰讀到的音樂的。文學作曲家，比音樂作曲家困難得多！另外，也別忘了他的大批水墨畫和最近涉足的電影，那裡，黑白灰無窮變奏，畫面、人物、音響縱橫交織，聽聽《洪荒之後》中音樂的強大推力吧，音樂在建立現實，音樂在揭示思想。音樂感，支配著作品的結構，它全方位的運動，又詭譎地導致了穩定，從而搭建起冥冥中想像的空間。我關於「空間詩學」的討論，就曾把詩人建構作品空間的能力，歸結於他的音樂想像力。這是一個祕密：政治、文學上你能追隨流行的（「正確的」）觀念，音樂上卻不能，原因很簡單，你不知道什麼是「正確」，因此不知道如何投機「改錯」。那個來自你內部的聲音，或壓根沒有聲音，就在你的作品裡，一「聽」了然。用音樂感去判斷一部文學作品的品味，絕對錯不了，那就是一個人精神境界之所在。我想到《敘事詩》中寫到的西班牙大提琴家巴勃羅．卡斯阿斯，沒有人不崇拜他演奏的巴赫《大提琴組曲》，什麼叫洗盡鉛華，什麼叫歸真返璞，全在這枯藤老樹般的琴聲裡，那種深，真是深不可測！但，又有幾個中國人知道，從一九三七年到一九五五年，卡斯阿斯為抗議西班牙的佛朗哥獨裁而拒絕公演，整整在世界上沉默了十八年？對這樣水平的演奏家，主動選擇這麼漫長的沉默，是不是讓我們聽到了另一種人生的、人性的更致命的音樂？十八年後的一九五五年五月十五日，全世界最著名的音樂家，齊集他流亡的法國小城普拉達，專門為他舉辦「卡斯阿斯國際音樂節」，他在開幕式上拉的就是巴赫大提琴組曲。巴赫之深，融入他發自肺腑的呻吟之深，感動了全世界的聽眾，也在我五十年後的詩中，變成詩句「儲存了十八歲的無聲後／大提琴地獄般的開口意味著什麼？」這豈不就是對我們每個人的提問？你的作品中有什麼？你作品的境界是什麼？那不是別的，就是「人」。它在音樂中暴露無遺，什麼也隱藏不了。

至此，「成於言」找到了（找回了）它的原意：藝術之「言」成就了藝術家的人格。創作者其實正是自己思想的作品。通過寫作，「人」漸漸被作品的精神雕刻出來，越來越像「它」。作品呈現的思想高度，給我們的人生確定了原則。在「人」的意義上，囊括從藝術到政治的一切層次。一個當代人，是人類整體處境的產物，他的思想也奠基於這個整體。因此，狹隘民族主義式的「中國」是一個虛構，簡單劃分的東、西方是一種空談。用這些假概念，不僅思考不了世界，更糟的結果，是取消真正的思想，只給權力遊戲留下空白。順帶，也給我們一個詞、義無限分裂的語境。我們什麼都能說，卻什麼也不意味。我曾談過「本地中的國際」，其實比本地本土更到位的，是「本人」。一個人的反思，反向包容一切群體，且由個人給那些群體「定義」。藝術之「言」，就是這樣本質的個人之言。我開過玩笑說我寫的是「楊文」，那麼高行健寫的就是「高文」，它們不僅得寫出常人認可的精彩中文性，還要在實驗中走得更遠，寫出尚未被發現的中文性。那種語言學的、哲學的、美學的意義，必須經受人類普遍經驗的考察，且證明對人類整體的思想有效。在高行健那裡，我想像還有一種「被發現的法文性」，為什麼不？既然法文同樣是「高文」的一部分！「成於言」，成就了一個藝術家的世界。許多人抱怨被拋離了中國、又進入不了西方，但為什麼不能想我們既在中國、又在西方？占有兩種文化核心位置，集雙向（多向）優勢於一身？事實也是如此，高行健的作品，雖然獲得了殊榮，相對於創造精神的徹底孤獨，仍應被讀作一種「立言」，立在此地，留待後來的有心人驗證評說。那評說，又不止局限於藝術，而是關於思想，特別是在這個精神極度匱乏的時代，一個人如何堅守「個人美學反抗」的位置，不向任何意義的權勢低頭。這奇怪麼？古今中外，被我們記住的思想者、藝術家，不是都在做這件事？那個儘管孤獨、卻無比美麗的「傳統」，貫穿在一切傳統深處，跨時空地為我們選定了清晰無比的標準。「藝術的境界」，成就了完整的人格。它，就是我們的政治。

我和老高的交往，始於同在中國的八〇年代，那個文革後反思的年代，他的戲劇、小說、理論不停強烈刺激著朋友們。我記得，在北京東總部胡同老作家嚴文井家裡，老高憑記憶介紹亨利．米肖的詩作，某隻毛茸茸的、碧綠的超現實蒼蠅，嗡嗡飛進一個年輕詩人的頭腦。再後來，我們相遇於天安門屠殺發生後的瑞典，老高已經寫了劇本《逃亡》，別人以為那只是寫政治，可我從中讀出的，卻是人不得不逃、卻又無處可逃的絕境。為那次會議，我把流亡這個老舊的題目，翻轉成中文傳統中獨特的純文學散文文體，寫成了《鬼話》，老高讀後對其語感深為讚賞，這也間接促成了我後來《鬼話》、《月蝕的七個半夜》兩本散文集的寫作。一九九三年左右被我稱為流亡途中「最黑暗的階段」，回國之夢已斷，而漂流之途無垠，如何「活下去」和「寫下去」？用「寫下去」的能力真正「活下去」？一個無比鋒利的問題，亟待我們從自己的生存深處找出答案。但和誰討論這個話題？而能不重複「流亡」的套話，卻給它注入新的文化和思想內涵？那思想的質量，首先必須由創作的能量來證明。環顧流亡海外的中文作家，能在海外創作中，走出一個全新階段的，確實唯有高行健。通過把我的長詩《YI》的譯者Mabel Lee（李順妍）介紹給他，老高在我暫住澳大利亞雪梨大學期間來訪，使我們有機會進行了一個很有意義的暢談，後來整理成長篇對話《流亡使我們獲得了什麼？》。是的，獲得，而非喋喋不休於「失去」！那意味著，從無根的處境中找到真正的「根」，獲得從做人到作文的全面自覺。而且這自覺相對於的，是冷戰後整個世界人和思想的困境，而非局限於「中國」一隅。有了這個自覺，他二〇〇〇年獲得諾獎，就有了深一層的意義。我在聽到消息的當天，給臺灣《中國時報》寫了題為〈流亡的勝利〉的文章。這勝利，是以一部部作品為足跡，一步步走到現在的。二〇〇九年，我們在倫敦慶祝老高的七十歲生日，那同樣不是庸俗的做壽，而是思想展示。通過連演三部他的電影《洪荒之後》、《側影或影子》、《八月雪》（現代歌劇演出文獻本），和朗讀戲劇新作《夜間行歌》，探討高行健究竟怎樣「成於言」！在我看來，相對於中文作家不乏機靈、卻太缺耐力的普遍毛病，老高的「後勁兒」很重要，因為它揭示了一種從內向外、從思想向作品生長的能量。首先是作為一個人真誠的生活、嚴肅的思考，然後是把自我提問轉化為藝術提問，再從更新的藝術意識發展出全新的藝術形式，直到人和藝術同樣臻於純粹。一個「先鋒」氾濫的世紀剛過，我最看重的，恰恰是這樣的「後鋒」：厚積薄發，後發制人。本來，我們置身其中的「中國」這個題目，就是一首文化轉型的史詩巨作。那個「宏大敘事」，包含在哪怕再小的細節之內。一個作家一生發展的，就是揭示它的能力。

高行健七十歲了。他是以思想和創作的實績，從他那一代中國作家中脫穎而出的。不靠單位，不靠團體，不靠宣傳機構，甚至不靠流派、思潮，就一個人，全方位承擔一個文化的責任，並且禁得住這變幻世界層出不窮的檢驗。這現象獨一無二。在現實中，這是他個人的勝利。但在思想上，又是「人」的勝利、藝術的勝利——真誠和純粹的勝利。透徹至此，諾貝爾獎真有什麼價值嗎？沒獲獎老高就不這樣思考和創作了嗎？我還記得，獲獎消息發布後，看到電視上他一臉吃驚的樣子，那甚至更讓我感到欣悅，因為那最好地證明了他沒存為獎而寫的念頭。我又想到他援引文革經驗時說的：「即使那種壓力下也要寫，不得不寫」，何況只是忍耐貧困孤獨、沒沒無聞呢。這，就是境界。

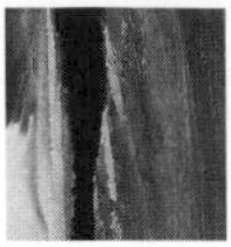

高行健：一個自由人普世性的面面觀

達里奧・卡特琳娜（Dario Caterina）
蘇珊／譯

高行健小說與戲劇中表達出生命的詩意深深動人，給他的作品帶來一種普世的價值。小說《靈山》沿著如詩一般的旅程，以一種平等與分享的敏銳感受，揭示了男女之情。而他的繪畫在我們看來則是他的藝術的另一個領域。全然排除文學，進入那瞬間，在內心最幽深之處，竟可以開掘出那樣一番天地。他以其繪畫實績介入了當代藝術的論爭。

通過《靈山》，高行健把我們帶入令人著迷的旅程，主人公判定死亡卻得以倖免，從而叩問自己的生存。不少的藝術家、作家與電影導演雖然也以他們的創作的普世性打動過觀眾，而高行健觸及到男人與女人對生命的眷戀與絕望，叩問的卻是詩意的底蘊。

他對哲學家有所懷疑，雖然也肯定他們的思考。他認為，而我也同意，哲學家們讓二十世紀的藝術家們就範於他們對世界的某種解說，因而削弱了他們的創造力。相反，高行健的作品卻純然是個謎。

就上一個世紀藝術家們的創作情況而言，他說的毫無疑義，而我也覺得確實如此，我還認為他有他自己對世界的一番獨特的認識。而且他的這種認識是開放的，而非閹割了的。這促使他重返人性的探索，廣而言之，在思想涉及的一切領域裡。生之荒謬與藝術喚起的希望之間，這難以平衡的抗爭激盪我們的情感，且時不時困惑。

無須爭辯的是，每一個多少具有這種現時代的明智的人都有這種經驗，對生命本質的質疑，也導致某些藝術家把賭注放在藝術上。藝術的實踐和由此而來詩意的追求總期待某些難以言傳的東西，對這種情感各人有各人的說法。

高行健的作品得力於他能運用不同的藝術媒體的性能。就繪畫而言，他出色發揮了水墨的傳統技能，雖然他並不專攻哪一種技法，也不是不知道要掌握祖先的技法得花上多年的功夫。可他著意的並不在此，他的目的在於發掘他內心潛藏的創造力，並引導到藝術創作中去。通過這種實踐從而建構他的精神，同時發掘在作畫之前不甚了了的自我。

《洪荒之後》這部影片二〇〇九年十二月十八日在利耶日的現代美術館舉辦的高行健畫展開幕時放映。簡而言之，這可以說是一部非電影。世界末日的這番審美觸動了當今由大氣暖化引起的焦慮，正打在點上。高行健通過這部影片表明了電影，不如說非電影更為確切，具有的無可爭辯的力度，同疲軟的商業電影大相逕庭。

二〇〇三年拍的另一部影片《側影或影子》具有紀錄片的成分，綜合了高行健鍾愛的種種主題，把他的繪畫、歌劇、戲劇不同的創作的片段剪接在一起。因而，他同他自己展開對話，把不同的傳媒聯繫在一起，並賦予別的含義。作家電影對抗這門藝術的美國化由此又找到了一位最全面的代表。

他的戲劇作品，我首先想到的是《生死界》，他賦予的是他的現代性的那種尺度。他參與的是許多創造者特別是貝克特和阿爾多等人的反自然主義運動。他的意圖是如同他們，去發掘抓住此刻當下的劇作法，其劇作法的創造本身便已經提示演員如何表演，令觀眾也分享激情。他把歐洲戲劇同中國傳統戲劇結合起來，達到一種兩者共存的劇場性，借用啞劇的表演來展示我們的生活。

我們在劇場裡是活生生的觀眾，看的是演員在舞臺上表演人生，我們其實已經納入我們正在觀看的劇作法中去了。而導演的正是此時此刻，臺上生活在進行，我們則活在觀眾席裡，像一面不反光的鏡子，兩個世界互為彼此。臺上講的是我們，臺下的戲在我們心中。女演員即席創作，男演員則以啞劇動作相伴，同時訴說臺詞，而且也即席純然在表演。

戲劇如同第二重的生活，這就是他向我們提示的。高行健一個重要的文學品格，便是給女人的言辭。他深深尊重女性，不守陳規，為女性世界的自由辯護。他理解而且贊同這樣一種義務，促使男女兩極的結合，這使得他並通過他讓第二性發言。他許多作品中的色情顯示了愛的要義，他有一種本領引導我們進入女性言說的內心，因而讓我們大大接近由愛欲產生的融為一體的一種隱喻。

現代主義的平均主義的焦慮並沒有減低社會學的表述，說的是捍衛建立形式上的這種平等的必要性恰恰深化了女性的靈魂。這種努力對中國社會的進程而言未必有其代表性。廣而言之，無論國家發達的程度如何，男女之間互相尊重卻是可以達到的。男人對於女人從祖先就具有的恐懼是否行將結束？弗洛伊德和現代心理分析對此追蹤得出的若干前提，固然有助於理解男女間的緊張，這是否就平息了占有的隱喻？而究竟誰占有？獵獲的精神出自於男人的科學構成主義？顯然並非如此，我們這現時代男女之間聯繫的頹敗，不如說來自女性精神的肯定，這正鑒於貫穿女性身體和做愛時對男性無限給予的本性。當男人的精神舒張去分享愛，便重新達到人類本性精髓的深處。高行健的寫作讓我們的手指觸及女性愛的肌膚。負罪感、放縱、給予和簡單的性愛通過微妙而感性的事件的敘述，他的文學將我們巧妙地包裹其中，而表演和唱誦以及中國傳統戲劇以其美學融合再交織在一起，給他的作品帶來一種極為現代的氣氛，卻又不割斷過去。

高行健在布魯塞爾的巴斯田畫廊和在利耶日的現代美術館分別展出了他畫在紙上和畫在畫布上巨幅的水墨畫。高顯然很清楚文學不同於繪畫，他在繪畫上追求的是純美學的探索。他的視象介乎於抽象與具象之間，意圖在於開拓一種空間，從而發掘出一片奇妙的天地。我們已經說過他並不企圖依照傳統去畫，雖然他用的是黑白，使用的是他鍾愛的墨。對中國祖先的這一行業來說，他並不排斥傳統，也明白必須掌握一定的技法才能有一天達到他預期的效果。他展出的這些作品向我們訴說了一個內心世界，把這些創作維持在既非具象也非抽象一種不確定的空間裡，這種才能顯示了這一根本性的探索的力量和由此得來的美學成果。

歌劇《八月雪》在台北製作，二〇〇三年在馬賽再度上演，是他在美學上大膽的融合。作曲家許舒亞寫的新的音樂，把中國傳統置於當代的空間。高行健借助於音樂，化解了演員表演的傳統技藝，因此也從古老的敘述方式中解脫出來，卻又不破壞這種劇作法，從而達到極為現時代的審美。

這齣歌劇給我視覺上的第一個印象是中國過去的世界令人炫目的華美，中國藝術和中文擁有出色的絢麗和嘹亮。因為有個悖論：許舒亞用的音響完全浸透了他對歐洲作曲家的認識，然而，卻又認識到中國傳統音樂事實上本身就具有一些當代的徵候。

這裡，圍繞禪宗惠能的故事實現的這美學的融合，讓高行健得以提出一番關於過去與我們現時代的思維方式交叉的思考。究其根本，西方現代思想排斥掉的那部分偉大的代表，上帝與不可知，卻讓高行健把從時間上割斷了的精神性重新連接起來，可這些精神究其普世性而言卻是相互延續的，並且同我們的世界對話。

談到哲學，肖冉，這位沁透非常西方的悲觀主義哲學家由於生之無常而死卻確鑿不疑，從而成為生命的辯護士，他只從審美和藝術中才看到贖救，面對荒謬這是唯一的希望。他寫道：「用不著自殺，也因為其時已晚。」那麼，自殘自賤，喪失希望呢？

高行健在他的一個劇中，借一名演員之口，說出如下的一番話：

「一個人，如此渺小而脆弱，完了就完了，至多不過值幾滴眼淚，還得有這點情分。要不，一條命又算得了什麼？一個不起眼的小分幣，落地都沒個響動，怎麼才能變得有分量，擲地有聲？還不如丟得遠遠的，得意的倒是你這番舉動！

你不自殺，是你來結束掉他！這區別就在於自殺出於絕望而自暴自棄，自我了結卻極為清醒，將死亡捏在自己手掌中，平心靜氣欣然作個了結，是你在玩弄死亡在它猝然到來之前，像導演一齣戲，不如說是齣鬧劇。

你最後一次攀登，你生命的頂峰。縱觀這可憐的世界，演出這麼一場滑稽戲，給你自己看。這荒誕不堪的鬧劇，可比漫無邊際泥沼般的生活卻要美妙得多！」

這一生好歹得活下去，那麼便盡可能活得最充分，並喚醒我們身內的美感，去接受藝術的啟示吧！

（二〇〇九年至二〇一〇年，比利時跨年度的歐帕利亞大型國際藝術節以中國藝術為主題，高行健也應邀參加了三個城市為他舉辦的一系列的展覽、演出、演講和會見，布魯塞爾藝術宮邀請法國蘇魯斯劇團演出了他的法文劇作《生死界》，布魯塞爾的巴斯田藝術畫廊舉辦了他的水墨畫個展，利耶日市現代與當代美術館舉辦了他在畫布上的巨幅水墨新作展並放映他的影片，蒙斯市蒙丹納姆基金會舉辦了他的作品朗誦會，布魯塞爾自由大學授予他榮譽博士。

本文是一篇綜述和評論，原載《城市權益》網頁，二〇一〇年一月十五日）

對高行健的一種解讀

安吉拉・威爾德諾（Angela Verdejo）

蘇珊／譯

埃爾高波出版社出版的高行健文集，集中展現了高行健戲劇作品，也是他藝術創作的一個重要部分。其中收入直接用法文寫的劇本：《生死界》、《叩問死亡》、《周末四重奏》、《夜遊神》、《夜間行歌》（舞劇劇本），此外還收入用中文寫的劇本《八月雪》和《彼岸》，為電影寫的法文詩〈逍遙如鳥〉，以及〈關於《側影或影子》〉和〈戲劇的潛能〉兩篇藝術理論文章。

文集的出版意義重大，展現了一個全能藝術家（畫家、小說家、詩人、劇作家、電影導演）的藝術創作豐富的特性。他的藝術構思總包含而且融合不同藝術領域的元素，由此產生一種全新的藝術，在我們看來猶如一個謎，正如阿多諾所說：「所有的藝術作品乃至藝術本身都是一個又一個謎。」

從這個意義上說，高行健的劇作特別值得當作一個謎來解說。當然，他走自己的創作道路，不管別人做何種解讀；而藝術一經解讀，總變成另外的東西；每個讀者、觀眾、演員、譯者的分析也是他們面對藝術的一次考驗，結果會各不相同。試圖理解高行健的作品，也就意味首先要明白他的作品是在一般理解力之上，獨一無二，同時又是多元的，無限多義，而且是複調的。這絲毫也不妨礙這位獨特的藝術家在現實世界中找到自己的位置。正是在這個世界，他作為智者和藝術家，以二十一世紀的眼光，穿越他之前的智者們的路，繼續他自己的道路。

「逍遙如鳥」，穿越過去和現在，呈現出一派嶄新的屬於未來的戲劇藝術。

高行健，對傳統的肯定

高行健的所有作品都是真正的內心探索，以前人或者說傳統作為起點，毫不畏懼，向未知探險。什麼是戲劇？這個問題要追溯到戲劇的起源。圍繞這個問題高行健建立起他自己的戲劇藝術，運用並改造東方和西方古老的戲劇形式，以傳統為出發，從而開闢出一些全新的路子。

中國的京劇和日本能劇這樣的東方傳統給他提供了可借鑑的形式，他把化妝、面具、唱、頌、魔術、雜技等等這些元素運用到當代戲劇中去。我們從歌劇《八月雪》，到《生死界》（既是悲劇，又是喜劇和鬧劇，同時又有雜技、舞蹈和魔術）和《彼岸》，都能看出他對傳統戲劇的借鑑。高行健說過：「現代劇場的演員應該像傳統戲劇的演員一樣，也能念、唱、做、打。」

然而，高行健的回歸傳統並不是簡單套用某些古老陳舊的程式。例如《夜間行歌》這自由體的抒情詩，便是從歐洲中世紀通常載歌載舞伴以神話傳說的民間文學取得的靈感，他雖然採用這種古老的形式，卻不落進老舊復古的格式裡，相反把老觀念翻新，仍然以女人為主題，給我們展現一派當今的景象，而且如此貼切。這樣構思的戲劇毫不守舊，相反深深扎根於日常生活的此時此刻。他這新作是一個舞劇劇本，和碧娜‧鮑許（PinaBausch）的舞劇有某些相近之處，卻在更大程度上打破了文學、戲劇、舞蹈及造型藝術的界限。高行健還涉及到表演理論，這也是他的劇作的一大特點。

在電影《側影或影子》裡，高行健作為電影導演，再一次一步一步遠離人們熟悉的手法，最終提出他自己的電影三元素構想，聲音、畫面和語言既各自獨立，又互相融合，同時也融會了戲劇、造型藝術、音樂和詩歌，以便實現高行健稱之為「電影詩」的藝術形式。

傳統是他的作品的源泉，卻毫不因循守舊，他的創作反映的全然是現代人當下的生存狀況。而這個現代人當下的狀況又如何？

高行健，當今世界的一個聲音

高行健戲劇作品中的現實是他的劇作的內在要素，超越了歷史和社會背景，諸如共產黨中國、文革、全球化的焦慮，東方和西方的規範，等等，而且超越時空，成為對人的生存和審美的探究，意識形態和各種主義都一概讓位於藝術。

高行健在世界的位置，就是不要什麼位置，只是一個聲音。「文學要維護自身存在的理由而不成為政治的工具，不能不回到個人的聲音」（高行健〈文學的理由〉）。這也是擺脱了自我中心的智者的形象，解脱了習慣於屈從自我的幻覺則是決定性的。更確切説，高行健的文學發出的就是他個人的聲音：一個自由人的聲音，一個擺脱了由他人強加的各種思想模式的自由的聲音。這樣個人的聲音來自內心深處，是多重的，可以分別體現為不同的人稱：我、你、他。

劇作家對多重性的意識，讓我們同他一起進行對人性的思考。《叩問死亡》中的主人公這樣説過：「問題不是懦弱與否，要説懦弱，人人都懦弱。面對死，誰都怯懦。人要不弄得一籌莫展，掉進死胡同裡，毫無辦法，也不會自殺。再説，你也還沒有弄到這地步，儘管關在這裡出也出不去。一小時，一小時，眼看時間就這樣過去了，搞得你煩躁不堪，往深淵裡直掉。可無論如何，早晚得有個了結。」

劇作家進行的反思也包括更為實際的問題，比如，藝術家對政治的介入。「再説，你還從來沒當過英雄，從來沒為民眾的事業奮鬥過，從來沒在群眾集會上慷慨陳詞為之代言。你還要説，你離權力和大眾都一樣遠，即使人把什麼責任委託給你，你立馬退還強加給你的那人。不管多大的權力和義務，你一概拒絕，何況，從來也沒有領過這樣的委任狀。」

不僅是劇中的人物，也是作者，處在社會的邊緣，面對當今世界，在自我的內心深處，尋找問題的答案。這種尋找的苦行完全是獨特的、個人的、不帶任何妥協的，而又是純粹審美的。

這種探求初初一看，似乎非常個人主義，卻更新為一種人道主義的救贖，作者訴諸的這番文字與表演讓人達到無限的寬容，因為，這聲音來自個人對生命的傾聽和觀察，也同樣可以被周圍的人傾聽和觀察得到。我們作為讀者和觀眾接受這樣獨特這樣真誠的聲音的話，狡詐和欺騙便沒有理由存在。高行健以人們意想不到的他獨特方式面對現實的世界，其作品又具有普世性。

這種普世性並不意味他以人類的名義寫作。他所寫所說的都是以個人的名義。這也是為什麼他的人物與這集體「我們」的關係展現得很特別，要麼把人物從集體裡完全脫離出來，如《生死界》，要麼把人物放入集體，而這集體顯得空洞而無意義，如《彼岸》中眾人叫喊：「你們看！你們看！呸！甩掉她！拖開她！抓住她！扒光她！掐死她！這個不要臉的臭婊子！」《夜間行歌》中，「當說到『我們』的時候，語氣得加以強調，時不時帶上譏諷的語調。」從以上這些例子可以看出對著集體性的稱謂的質疑。「我以為借用集體的名義來說話總有點可疑，而我更怕的是，被這集合的名義一聲不響就給扼殺了。」（高行健〈個人的聲音〉）

與集體的人稱相反，個體人稱則貫穿高行健的戲劇作品，揭示人內心世界的多重性。於是，有了「我」、「你」、「他」，如同一個人不同的三個層面。人稱的運用是高行健戲劇作品的特點，也提供給演員一個新的表演空間。

高行健，一種新的戲劇和表演

對戲劇的各種不同元素，高行健特別注重的是劇作和表演：「戲劇諸多的因素中，我以為演員的表演才是這門藝術的根本。語言，作為人類文化最精緻的結晶，好端端為什麼犧牲掉？所以我執著於劇作，並且主要為演員的表演寫戲。」（高行健〈劇作法與中性演員〉）

努力為當代戲劇提供新的視野推動他，從傳統出發，走上發掘新的表演的可能性的探索之路：「我寧願回到戲劇的根本，去重新找回當代戲劇往往喪失了的戲劇性和劇場性。」（高行健〈劇作法與中性演員〉）

對高行健來說，戲劇性和劇場性正得力於演員的表演，在舞台上才充分得以發揮。戲劇有三個缺一不可的要素：演員、觀眾和劇本。觀眾來到劇場，看的是戲，並非舞台上演員的真實生活。因而，演員的表演不必是現實主義的。觀眾和劇場有一種默契，他們接受一個前提，也即舞台上發生的事都是演員演的，表演便成了觀眾注意的重點。

也正是這種劇場性讓高行健特別重視表演以及相關的各種舞台表現。劇作家在寫劇本的時候要考慮到這些因素，尤其是啟發演員的表演。高行健的每一部劇作都試圖從不同方面留給演員充分發揮的餘地，他的劇作也建立在這樣挑戰上。演員在劇本諸如對話、獨白、詩、歌的基礎上，同時借助其他表演手段，諸如化妝、舞蹈、面具、雜技和魔術。正如高行健在他的文章〈戲劇的潛能〉講到的關於表演的過程和表演的三重關係（演員本人、中性演員和角色的關係），「不只是演員和角色的關係，兩者之間還有一個中介，潛藏了一種表演方法的種子，不妨稱之為表演的三重性，還有待進一步發掘。」

在劇本《生死界》中，女主人公沒有名字，以第三人稱單數講述（「她說……」），時而扮演她講述的人物，時而回到敘述者的角色，直接對觀眾陳述她扮演的人物。隨著台詞的變化，她扮演的角色也不斷變換。劇作家在寫台詞的時候，考慮到給演員最大限度發揮的可能。因而，通過台詞而進出於角色，台詞的寫法給了演員最大的表演空間。演員在台上的不同狀態可以分為三層關係：首先從現實中的自我得以解脫（與她的情人的愛與恨，人稱為「我」、「她」、「你」），然後是自我的過去（童年的房子的模型，人稱為「她」），再從一個故事講到另一個故事，逐漸展開不同的人物的不同情感的一幅幅圖像，最後質疑這個虛榮的、不停糾纏她的「我」，從而達到以自身之外的「第三隻眼」審視自我，傾聽自我，同時也傾聽台詞並調節她的表演。

這種人稱的變化並非簡單的抽象化，作者在他的文章〈戲劇的潛能〉裡談到他的劇作《夜遊神》時，解釋道：「以人稱代替人物，並沒有把劇中的人物簡單化，變成某一人稱代詞，或你或我或他。這你、我、他也並非是某種符號，而是以不同的角度切入人物的感受，像三稜鏡一樣反射出人物內心不同的側面，而每一個側面又互為對比，彼此參照，把戲劇通常難以呈現的人物複雜的內心世界通過人稱的轉化，變成鮮明而強烈的舞台形象。」

《周末四重奏》用音樂的交響來建構，四個人物用不同的人稱（我、你、您、他和她）來構成每一個人物，以及與其他三者不同的關係。而人稱你則把觀眾引入，讓觀眾也身臨其境。事實上，我們經常遇到這「你」，語法關係的這「你」在我們說話的時候經常指的是我們自己。例如我們在夢中，或是在講解或是在教學的時候，或是自責自問的時候，或自我傾訴或面對世界都經常如此。

更何況，這種方法我認為對戲劇評論和文學研究同樣有用，文學與戲劇的這種解析貫穿高行健所有的著作。《生死界》劇終的這句話不妨可以看作詮釋高行健極富音樂性的作品的一個範例：「她沒有言詞，那有聲有色滔滔不絕有界說有關聯有內容的含義之毫無意義」，其語調、色調、間歇、節奏、滔滔不絕、回響共鳴、內涵多義，引導讀者和演員從而進入藝術家的世界。

不作結論

藝術有它的豐富性，又撲朔迷離，具有多重含義、不同的方法和不同的觀點，不能歸結為一種解讀或一種理解，高行健的藝術高出於任何結論。

對他這樣的作品作一個結論是不可能的事情，每一個字、每一個動作、每一次沉默，都內涵豐富，發人深省，令人讚賞，而且把戲劇向前推展了一步。然而，我們畢竟要指出高行健為戲劇打開了一扇全新的門：以演員為中心，以傳統為根基，從當今世界的現實出發，為當代戲劇找到一番新的天地。高讓戲劇再一次開闢出一些新路。

在這個意義上，高行健的戲劇作品自然回答了那些聲稱和還在聲稱戲劇和藝術已死的預言：藝術並沒有死亡，藝術萬歲！

（本文是法國作家兼導演安吉拉・威爾德諾為西班牙新近出版的《高行健的戲劇與思想》一書作的序言。）

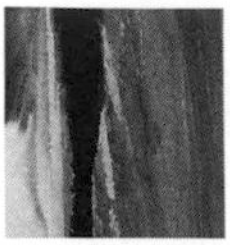

巴黎克羅德・貝爾納畫廊「高行健新作展」序言

弗朗索瓦・夏邦（Francois Chapon）

繆詠華／譯

行健兄鈞鑒：

我很想久久沉浸於你「世界末日」畫展的獨特圖畫中，並在你爲其所配的文字啓示下聚精會神地細細加以品味。

此一學習吸收的時光對我來說尤爲重要：通過對你言談的質疑和再版你的作品，我似乎聽到和看見一種新語言正在形成。它回應了這樣一種期盼：儘管藝術如人們斷言的那樣將會枯竭，但藝術始終在你我貪婪嘗新的思想中延續著。這種期盼不僅止於要擺脫現實中的約定成俗（那些我們在第一時間就會想起的俗套），而是要將普通論據賦予新意。

你的造型創作之所以能如此自由揮灑，是因爲你受到曾經歷過的心靈洗禮啓發，這點我們在你的書中都見識到了。這些初期試鍊爲你卓越的文學作品做好了準備，並讓你的繪畫獨樹一格，令其與任一流派、任一既有技法迥然不同。科布倫茲路德維希美術館出版的畫冊中的傳統中國水墨和中國繪畫方式，就讓我們能更靈敏地自由觸及未知世界（莫非這就是你畫筆下遭到黑色深淵吞噬的世界末日，我們這個宇宙的終結？）

多虧了透過剖析此一偉大藝術所獲得的這份簡樸無華，你得以突破人類空間的規則，不囿於時間計算的限制，並在人類意識中尙未成型的影子裡發現了調節宇宙運動及其反映的和諧之聲。

我敬佩你從不墨守各種信條、定義、教義及祕訣等成規，這使你像是蹬出決定性的一記腳跟那樣，從既得知識的沼澤中躍出，朝著原始本質的淨區攀登。這個淨區在你身上既非完全抽象，亦非全然具體，也非各自分離。你幫助它顯出自然狀態；而該狀態是與人類生命的每一衝動回應緊密相連的。

弗朗索瓦・夏邦（Francois Chapon）上

（本文作者為法國雅克・杜塞文學圖書館榮譽館長、策展人和藝術評論家）

（原刊載於《聯合文學》二〇〇八年五月號）

高行健的電影

阿蘭・麥卡（Alain Melka）
繆詠華／譯

作家高行健在他第一部電影《側影或影子》中的野心，歸根究柢起來，就是在於成爲世界電影活記憶的先驅者，無論就其各方面及各領域皆然。

在有幸欣賞到這部電影的觀眾眼中，高行健的電影是個正在形成的故事。透過他那魔幻般的表現手法，觀眾會產生共鳴，會因高行健在片中隨意揮灑的才華而感欣喜，導演無所不在的天賦會引導觀眾，毫不費力地就從一點轉向另一點、從影像轉向音樂、從音樂轉向音效，完全被這部新奇的電影所吸引。

跟英國攝影家邁布里奇（Muybridge）一樣，高行健真正目的在於分割動作的畫面，抓住這些畫面的每一個狀態。於是影像就成了編舞，成了怪異舞者的舞蹈片段，就這點來說，高行健導了部非常獨特的電影，攝影鏡頭下所呈現出來的畫面帶有造型意味。因而，這是部具動感結構的靈活電影。

本身是作家與導演，尤其是身爲跨越中西文化的全方位純藝術家，高行健在注重呈現繪畫般美感之餘，也將戲劇與純敘事上的功力融入本片。的確，他顯示出在一部電影的戲劇結構中，張力與留白必須交互穿插運用，有點類似戲劇強度的漸強與漸弱；而且這種構成還要能表現出導演所希望的在色彩層次上的細微差別。高行健承認，唯有當留白不是讓觀眾重新喘口氣的單純間隙、唯有這些留白原本就不是單純的漸弱時刻，而是本身就具有戲劇效果，並與劇情主軸相抗衡，誠如魏爾蘭和哈伯雷詩作的分段一般，唯有在這種情況之下，導演效果的基礎方得以建立。

毋庸置疑，高行健拒絕妥協，他要找出凸顯每種電影形式、讓其具有與眾不同風格的那樣東西。

因而我們可以這麼說，很難將高行健的電影歸入現今的固定模式。他捨棄現成的拍攝方式，採用的技法令人感到格外自由，好比說：片中用仰拍手法來塑造主導人物（由他自己擔綱演出），當然也由於以俯攝法拍攝的虛白畫面。在整個拍攝過程，我們都感到自由自在。這份對《靈山》作者來說尤爲珍貴的自由，就是——而且首要就是——抒情的氛圍，使得我在拍片時經常都感受到令人詫異的即興操作：鏡頭即興拉高，但要是真的拉高了，拍攝時又會突然放低，這當然是爲了讓拍片現場能有所準備，但又不會抱持著先入爲主的想法，而是依場景氣氛隨意調度，影片的架構才會較爲自由。拍片同時他也沒有忘記營造詩意的三大元素：聲音、畫面和音樂。

有聲世界隱藏著更吸引人的潛力，因爲聲音比影像更能直接反應現實，觀眾在不知不覺中就受到聲響的強烈刺激，音樂則像在召喚藝術家真正覺醒起來，張開眼看看人類生存的可怕情況。

我可以告訴各位：在這美好又充實的合作過程中，高行健所做的唯有觀察和吸收我們準備的生動材料，邊傾聽圍繞這些材料的其他因素，以便能在這部接受材料的電影中將其更好地反射出來。高行健本人也像是架攝影機，應「馬達」及知識所需不停運轉。

高行健在《側影或影子》中，以赤裸裸的創造者詩人麥爾維爾（Melville）作詩的白描方式，將自己的文學與繪畫作品嬗變成影像、段落畫面、音樂。

爲了能進入《側影或影子》的世界，很顯然的，觀眾不能將電影視爲虛擬的認同空間，而應將其看成是個物質且活躍的世界，因爲唯有捨棄試圖解釋或詮釋影片的慾望，方能盡情享受此片。比方說，現代舞的觀眾知道，舞蹈並不是過渡性的，過渡性的是觀眾，是以自己的身體和故事去體驗舞蹈的觀眾本人。高行健也邀請我們進入同樣的關係。他提供了我們一個溜進已知空間的未知世界，給了我們某種蘊含無窮隱形魅力的節奏視覺。他的電影是場介於美與敘事間的戰鬥。他竭力創造出一個當代故事和他自己所感悟到的人際關係的詩意空間，其目標在於感覺，而非敘事。

我有幸與讓─路易・達曼（Jean-Louis Darmyn）一起參與這場冒險，讓我充分了解到不可將電影感（la filmicite）與展現專業功力、受到人人崇拜的技術混爲一談。電影不會一方面有事先就存在的現實，另一方面又有適應敘事的操作。這種二元性判定娛樂電影毫無價值，更糟的是，會害得我們對差勁的作家電影缺乏思考，喪失任何判斷能力。

至於他對蒙太奇的看法則來自於三大彼此獨立的元素間相互激烈的碰撞。印象和張力的強烈與否取決於不同畫面間的不協調程度。這種張力看來是以造型形式表現出來的：從一個畫面到另一個畫面、從小說到繪畫、從戲劇到歌劇，高行健都在玩線條、色調、節奏與移動。

由此可見，這部電影涵蓋的範圍有多廣。跟愛森斯坦（Sergei Eisenstein）在他那個時代一樣（現代電影才剛發軔），高行健也領先於許多當代導演，甚至未來導演。他因爲表現出一種生命——結構電影和電影詩的生命——所以超越同儕。他採用有時會造成困擾的自由導演手法，而這部電影就是音樂作曲和超前導演手法的結晶。高行健絕對是位卓越的詩人，一個有待創造新電影形式的預言家。

拍攝《側影或影子》這部電影期間，我學到了好多。這是諾貝爾文學獎得主的第一部長片，不容小覷，尤其是在旁觀察他，他對自己電影的探索、即興創作和令人嘆爲觀止的專屬表現手法，他同時也沒忘記牢牢把握住以感覺取勝的劇本。高行健不停的找尋真切的、真實的、真正的，經過畫面考驗了的移動。

高行健透過這部獨特的作品，向我們展示了電影（當然）是所有藝術中最國際化的一種。雖然電影在上世紀中有無窮盡的資源，然而卻只用到那麼一丁點兒。儘管諸多藝術無不渴望能全然且有機地融爲一體，但我們尚未想出解決這個問題的最終之道。高行健提供我們的正是這個天地，我們可以很驚愕地觀賞他這些極致的發揮。這位將其思想的材料傳達給觀眾的魔法導演，已然躋身於電影魔法之林，對鏡頭和景深都應付自如，就在創造出魔法的那一刹那，直接且瞬間就將他對美的詮釋顯現在魔法之中。於是，一個廣袤無垠、令人驚訝的世界便展開在他面前。

（本文作者為法國作家、電影工作者）

（原刊載於《聯合文學》二〇〇八年五月號）

附錄　祝賀高行健榮開七秩

高行健榮開七秩

貝嶺

（作者按：二〇一〇年一月四日為高行健七十歲生日。此文本是為當日在倫敦大學舉辦的高行健生平與創作討論會而撰。）

有時我想，若不得諾貝爾文學獎，魯迅那首窮其一生都未達成的自嘲詩：「運交華蓋欲何求？未敢翻身已碰頭。／破帽遮顏過鬧市，漏船載酒泛中流。／橫眉冷對千夫指，俯首甘為孺子牛。／躲進小樓成一統，管他冬夏與春秋。」或為高行健心中的至境。也就是說，他的最大心願或許只是能數十年如一日，潛心於文學和藝術。細想

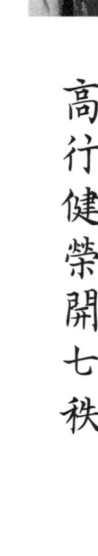

來，我不是嗎？誰又不是呢？然時不我予，政治也如影隨形。記得老高說過：「人的一生，只能專注於一兩件事。」他四十七歲才離開中國，可在法國十三年寫出的作品，比在中國的三十年還多。有一次，他甚至對我斷言：「我在法國完成的創作，換是在中國，恐三生也未必。」細數一下，還真是如此。

一個人步入七秩時，他人總以「飽經滄桑」來形容，這或許不錯；可人生的滄桑未必讓人的心思複雜，高行健即是。老高生於亂世，暴政的殘酷，人世的險惡，乃至人心的難測，人言的可畏，老高無一倖免，然這一切並不必然致使心思複雜。老高專注於工作，所以，他的處世方式簡單，友人和他的友誼亦簡單。老高是為藝術而人生，那些人世的險惡，除非厄運迎面，否則，他能躲就躲，不必也不想「陰」著心思去應對。

老高雖好靜，可並不遁世。老高厭政治，可在大是大非上絕不含糊。一九八九年「六四」，統治者為維持政權開了殺戒，他的憤和痛擲地有聲：「只要中國還在共產黨的統治之下，我就不回去，我的作品也不在中國出版。」這宣示聽著平實，要做到，數十年如一日，不易，那是「白髮，骨灰，家鄉，九泉。」是極高的自我要求。看看這些年的台灣，再看看海外，多少文人、雅士，曾經反共的，號稱流亡的，爭先恐後地往中國去，出書、演講、掙銀子，生怕沒趕上這一輪「太平盛世」。他是真正的始終如一，二十年來，老高從未在中國出書，讓自己是一個「空白」，乾乾淨淨的空白。

哀莫大於心死。也正因這一堅持，他的長篇小說《靈山》和《一個人的聖經》在中國被盜版。這些年，也有他的作家好友或說客勸他在中國出版或再版他的書，他笑笑，一律謝絕。且不說共產黨允不允你出書，文字也是脊梁，若為了在中國多弄點「名氣」，而讓書被刪改得面目全非，那是作賤自己。所以，二十年後的今天，老高可以清清楚楚地回答英國廣播公司記者：「中國沒變，我也沒變。」

我和行健認識已逾二十五年。一九八二年，他出了本小書《現代小說技巧初探》，經口耳相傳，成為地下文學圈和官方文壇跨界的必讀之書。那年頭，鎖了三十年的國門開了縫，先「溜」進來的是西方前衛藝術和一本本的文學譯著，我們飢不擇食，「狂吞」一切，其中也有老高譯的法國詩人普列維爾（Pulieweier, 1900-1977）詩作。高行健是中國現代戲劇的開拓者，也是在小劇場導戲的第一人。一九八三年，他寫了《絕對信號》和《車站》兩齣戲，他親自導演，那幾場在北京人民藝術劇院小劇場的公演，也是地下文學圈和官方戲劇界跨界的熱點，我是每戲必看。終場後，眾人常一起去人民藝術劇院宿舍找老高，聽他談戲談法國文學。後來，聽說老高得了肺癌，已遠遁人跡罕至的高山峻嶺尋訪仙醫和神丹。後來才知，是老高用四個多月時間搭車走路三萬里，沿著長江流域的七個大自然保護區，以朝聖的心態放逐和放空。回北京後，說奇真奇，老高的癌症竟消失了。行健因此寫下大部頭劇作《野人》，他稱為多聲部現代史詩劇，一九八五年，由林兆華導演，在北京人民藝術劇院主劇場公演，那是中國戲劇史上的大製作，一時盛況，我也恰逢其盛。

我們成為無話不談的摯友則是在一九九六年前後。那時，老高剛用賣畫的錢在巴黎近郊高樓中購了套公寓，因客廳頗大，他便用來寫作兼畫室。當年的我，不知深淺，揣著五百美元直奔巴黎，他在電話中聽我一說，當即請我到他家小住，以讓我從從容容地在巴黎晃蕩。那時，老高正寫著《一個人的聖經》，常常一週足不出戶，成了e世代所稱的「宅男」。他不僅要我吃了午餐再出門，還讓我晚上最好回家吃，因為巴黎除了麵包，喝杯水都貴。我用一口破英語問路兼乘地鐵，在巴黎亂闖亂撞，雖受氣，仍遊逛到天黑才飢腸轆轆地回來，他和西零等我一起晚餐，他工作了一天也正好放鬆。飯後，老高和我各一杯紅酒，有時他的女友西零也加入，徹夜長聊。私下的老高有時也口若懸河，談文學，談現代漢語的演進，談他的戲、他的畫，甚至談男人、女人。老高雖大我甚多，可我從不覺得。

那時，老高抽菸，可他不抽盒菸，那貴，他捲荷蘭菸絲。我看著老高不疾不徐，舒緩地將菸絲撮入薄薄的捲菸紙中，慢慢地捲起來，然後用嘴一抿，再捲成圓錐形的紙菸——那手藝從容。偶爾，我也學著捲一支抽，吸著，聊著，靜中的老高淡定，在煙裊中顯得心事浩茫，偶爾，嘴角倔強地緊抿，我們相對無言。沉默，往事如大海。

他本是安靜之人，不好燈光，眾人相聚時，他低調，不擋著誰的視線。他好客，但不擅交際，在流亡的文人中，是甘於寂寞者。一九九〇年代的巴黎如紐約，中國的流亡者不少，由於生存不易，語言不通，安貧樂道的不多，爭強好勝，作驚人之語和驚人之舉者不少。行健有定見，但不強加於人，他是真正的作家，不是說家，也不是行動家。偶爾，我們一起去文人、畫家的飯局聚會，他聽得多說得少，從不搶白，更不會誇誇其談地爭鋒頭，遇到侃主、狂人，他不卑不亢，反而靜靜欣賞。

作家常常無形，因為總是坐在家裡，起居自由，孤處，不需要每天衣冠楚楚，或「衣冠禽獸」般地去和別人打交道；故作家易懶散，寫作者的作息是由寫作狀態的好壞決定的，故晝夜顛倒是作家的常態之一。老高也不例外，唯老高並不懶散。我在他處暫住時，試著看遍巴黎的博物館和畫廊，還摸著去了兩處聞名遐邇的舊貨市場。每晚回來，常聽他告訴我，今天又有進展，又寫了幾千字，或又琢磨出了一張畫的意境和構圖。老高講到興奮處，也是欲罷不能，那時，我是他唯一的聽眾。當他站在畫案前，專注作畫時，我觀畫，也觀他；老高削瘦，側面輪廓很道家，若用溢美之詞，可以說真有些仙風道骨。

一九九三年，我在美國東部那搬了又搬的漂泊生涯中，不自量力地和石濤及在上海的孟浪、陳東東等人創辦起《傾向》文學人文雜誌，老高是完全支持，他提建議，給文稿，還捐畫。後來，我回北京定居，他不認同，也替我捏了把冷汗。二〇〇〇年夏天，我斗膽在北京印行《傾向》第十三期，官府大怒，逮人，抄家、搜刊物、我和弟弟都入了大獄，還被敲詐性罰款。後來，桑塔格等友人奔走呼號，美國國務院介入，我被遣送美國。經此一擊，孟浪精疲力竭，《傾向》的編輯成驚弓之鳥，散了，那時，我覺得自己真是個廢物，刊物被擊垮，文章也沒有千古。那年十月，老高得了諾貝爾文學獎，那是大事。二〇〇一年二月，他在哈佛大學宣布，為了支持《傾向》，他和他書的英譯者李順妍（Mabel Lee）教授將共同捐出《靈山》中文版及英譯本的部份版稅，一蹶不振的我像打了嗎啡，振奮了一下，將在北京被查抄的《傾向》第十三期在台灣重印出版。老高知道流亡中辦刊物的不易，亦勸我不要硬撐。總之，他強調自由，不勉強。

二〇〇五年夏天，我得一機會和一位音樂家互換居所，在巴黎住了近三個月，一安頓下來，便去他在巴黎一區的新居拜訪他。睽違三年，一見，我心裡一驚，老高好像老了十年。老高看出我的訝異，笑著告訴我，諾貝爾文學獎是他的催命符，他剛撿回一命。確實，得獎曾徹底改變了他的生活和作息，鋪天蓋地的採訪、戲約、稿約、邀請，他要一一應付，有一陣子，他雇了助理，不接電話，仍不得閒。二〇〇三年，他在法蘭西喜劇院（Comedie Française）導他的劇作《週末四重奏》，某天下午，眼睛突然模糊，什麼都看不清了，他當時以為是勞累過度，回家休息一下就可恢復，但到了晚上仍不見好轉。西零警覺，立即帶他去看眼科急診，問診中，西零跟醫生說起他是諾貝爾獎文學獎得主，醫生當即叫來心血管科醫生一起診斷，檢查結果出來時，行健和西零嚇了一跳，老高的血管栓塞已經影響到視神經，這才引起失明，且隨時有血管破裂導致腦溢血的危險。當即，醫生就不許他下床了，而且立即安排手術。就這樣，他在十五天內做了兩個大手術，且都成功，真是撿回一命。老高告訴我，若真是血管破裂成腦溢血，他就算被搶救回來，也將是半身不遂的廢人一個。大幸後，老高立即戒了菸和肉，食亦無鹽。那兩年，他婉拒一切外邀，暫停工作，專心養病，讓身體漸漸恢復。去年十月的法蘭克福書展上，他和楊煉對談「兩種文化碰撞中的寫作」，我在場，我看他反應敏捷，狀態頗好。日前和他通電，我們長聊，他告訴我，精神和身體已大多恢復，和友人談話超過十五分鐘，血壓也不再升高。還有最重要的，他此生一直想完成的大事——《高行健論戲劇》完稿，即將出版。

行健七秩，我從台北的蝸居，向他遙致祝福。

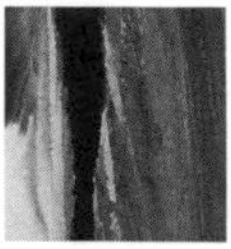

高行健風風雨雨七十年

稽偉（ＢＢＣ中文部記者）

一月四日是旅法華裔作家高行健七十歲生日，今年也是他獲諾貝爾文學獎十周年。馬建、楊煉和陳邁平等幾位作家朋友在倫敦為他舉辦了兩天的「高行健創作思想研討會」。

高行健在倫敦大學演講廳對台下的三百多聽眾說：「我很感動，我以前沒有過過生日，現在用討論會來慶祝我的生日，很感動。」

高行健告訴我，他感動和高興的另一個原因，是因為在七十歲生日之前，他完成了一生的兩大願望：一個是了卻了在大學時代就渴望拍幾部電影的理想；一個是用剛成書的《高行健論戲劇》對自己的戲劇創作作一個理論性總結。

在研討會上發言的作家們在討論高行健創作思想的同時，也在探討中國作家和藝術家對人類思想史和世界的未來有什麼樣的影響。

研討會上還放映了三部影片《洪荒之後》、《側影或影子》和《八月雪》。其中《側影或影子》在高行健二〇〇八年獲米蘭國際藝術節的「特別致敬獎」時，被頒獎者特別提到「給人深刻印象」。這三部影片仍然保持著高行健先鋒派的風格。

眞誠與純粹

居住倫敦的著名華裔詩人楊煉在研討會上的發言中，用「真誠」和「純粹」來評價高行健的作品。

楊煉說，高行健的七十年，不僅遭遇了中國最動盪的生活，更置身於中國人最混亂的思想中。綿延數千年的中國傳統文化在鴉片戰爭後首次面對真正的外來衝擊。而五四和此後的一次又一次運動，使中國人「淪為二十世紀世界上最極端的自我文化虛無主義者」，也就是「文化自殘者」。

楊煉說，高行健在歷時幾十年的漫長、複雜的創作歷程中做到了真誠和純粹，而且自覺的實踐，從而真正成為一個精神上的倖存者。

現居香港的著名文學評論家劉再復委託從瑞典來倫敦參加研討會的作家陳邁平帶給高行健一封祝賀信。

劉再復在信中評價高行健的創作是「扎根中國文化又超越中國文化，追尋的是人類普世價值。」

劉再復把高行健二〇〇〇年獲諾貝爾文學獎的主要作品《靈山》稱為：「展示了中國非正統、非官方、鮮為人知的另一脈文化……通過活生生的意象呈現出豐實血肉、生動氣息和不朽的活力。」

對於中國政府在高行健獲諾貝爾文學獎後的冷淡態度，劉再復說：高行健為中國文化在世界贏得崇高地位立下極大的功勞，中國政府對他的做法是「母親不認識兒子的悲劇」。

但劉再復相信，中國偉大的文化最終會認識自己的天才的兒子。

前《今天》雜誌社社長陳邁平自己在研討會上的發言，為今天在中國大陸的年輕人不知道諾貝爾文學獎唯一的華人獲獎者高行健而感到遺憾。

先驅者

陳邁平把高行健稱為中國文學創作道路上的「先驅者」。他說，高行健的探索和創新打開了一條新的獨特的道路。

對於高行健作品因為前衛和抽象而缺少讀者，陳邁平在會後接受我的採訪時說，真正偉大的作家是在人們讀懂了他們的作品之後才產生了讀者，人類的精神境界也就因此有了新的提高和拓展。

他還說，諾貝爾文學獎就是給這樣的作家的，他們為自己創造出了讀者，而這也就是諾獎的意義之一，讓那些被人們冷落的優秀作品引起人們的重視。

主持第二天研討會的臺灣女作家、獨立中文筆會會長廖天琪在研討會休息時接受我的採訪時說，如果高行健仍然留在中國的話，他不會獲諾貝爾獎，不會有今天的成功。

廖天琪說，高行健到國外後有了新的發展空間、新的創作題材、新的藝術表達方式，這是在缺乏言論自由的中國大陸作家可望不可即的。

廖天琪肯定了高行健尋找融合東西方文化、宗教和哲學等的表達上的不斷嘗試，但她不敢斷言這種努力是否會真正成功。

文學的「靈山」

居住倫敦的著名作家馬建是這次高行健創作思想研討會的組織者，他說，因為高行健離開中國後的二十二年中沒有過一天假期，朋友們把他稱為「藝術瘋子」。

馬建說，高行健在二十二年中創造了一個新的文學世界，他創作中最強烈的表現是：生命就是要發出個體獨特的聲音。

馬建在研討會上評價高行健的創作是「用文學意識感染讀者，尋找人類生命中最重要的意義。」

他說，人類自古以來都行走在尋找精神家園的路上，其實每個人都在漂泊，都希望取得現實生活與精神生活的平衡。

馬建認為高行健作品中的人物體現了個體生命的特點，讀者可以從那些有各種缺點的主人公們身上發現作為「人」的驕傲。

高行健在小說《靈山》中說自己在尋找靈山，小說結尾時仍然沒有找到。但馬建說，高行健對每個主人公內心的刻畫，完整的建立起一座文學的「靈山」。

高行健在採訪時曾對我說：生命是短暫和脆弱的，作為個人的唯一主動能力，就是獨立思考和表述，這才是生存的見證。

這也是作家和藝術家的天職和使命。高行健就是在這樣不斷的身體力行。

高行健在倫敦

老咪

緣起

一九九九年，第一次在朋友的聊天中聽到高行健先生的名字。我並不認識他，但僅是這個名字，我卻記住了。這讓我想起《周易》中的話：天行健，君子以自強不息。我暗想，有著這樣名字的人，該有一身傲骨。

第二年，再次聽到高行健，這個名字之前已冠上了首位華人諾貝爾文學獎得主的形容詞。但他的作品《靈山》卻無法在他的故鄉中國讀到。人們說，他加入了法國籍，該算法國作家了。我想到他的名字，那飽含中國古典文人追求的名字。突然感覺，在法國尋找靈山的他，大約是個寂寞的人。

二〇〇三年，我開始了在倫敦的留學生活。我問高行健的好朋友，作家馬建，如果我去法國玩兒，可不可以拜訪高先生。馬建說：你知道，得獎以後，老高很忙。一個聽來的人名，加上一個傳說中的書名，不知道為什麼，我不由自主的猜測著：忙碌的、寂寞的、驕傲的高行健。

二〇一〇年的一月四日是高行健先生七十歲的生日，而我也終於見到了久仰大名的他。這是由高先生在倫敦的一眾文友組織安排的一次文化盛會，既是為高先生慶生，更是以作品研討會的形式集中展現他半個世紀以來小說、戲劇、繪畫等多領域的藝術成就。那一天，在倫敦大學亞非學院的演播廳裡，坐滿了從世界不同地方趕來為他慶生的朋友，以及與我一樣只是聽聞其名的人。

高行健說：「感謝大家為我過生日。」這是緣起。

鄉愁與朋友

高行健說：「我沒有祖國，沒有故鄉。」說的時候，臉上還有隱隱的溫和的笑意。然而不難想像，一個藝術家在四十八歲離開中國，在法國重新開始，一定經歷很多艱辛。這個一直流浪的人，流浪在不同的國家，流浪在藝術的邊境，也流浪在自我的極限。為了尋求精神的故鄉，拋下了很多可作停留的地方。但流浪的路上也結識了許多同樣為了不可知的精神故鄉而尋求的朋友。

作品研討會上，高行健的朋友，詩人楊煉說：高行健所經歷的七十年，對於整個中國都是最複雜的七十年。不僅是政治上的困惑，同時還是思維上，與語言上的。新的中國對於以往的中國與西方世界來說都是他者。而高行健藉著藝術表達個人的困惑，進行了最大程度的自省，並拓展了新的方式與道路。

高行健的朋友，作家陳邁平說：真正的藝術家是從他人停止之處開始的，而高行健就是這樣在沒有路的地方行走，並走出他自己完整的精神藝術國度。一直以來，高行健作為一個先鋒藝術家的創造力與勇氣是有目共睹的。

同樣是先鋒作家的馬建在研討會上提起他與高行健推敲藝術的往事。高行健建議他刪去半句話，提醒了他要一直觀察一個作家在字裡行間所隱藏的位置。兩個人，同樣都是大師，截然不同的風格，卻都用心的品讀對方。馬建說：高行健從中國出走後，是又一次藝術生命的重生。而獲諾貝爾文學獎之後的十年裡，高行健也沒有在這樣的終身成就面前休息，而是進行了更新更廣的藝術探索。祝願七十歲的生日能成為高行健的又一次出發起點。

馬建是這次活動的主要策劃人，亦是高行健三十餘年的至交。而以這樣的文化盛會來慶生，或許是一個老友所能給予的最貼心的禮物了。

楊煉在研討會上曾用他自己的三行詩來解讀高的藝術世界：一，說出——說不出的恐懼；二，所有無人，回不去時回到故鄉；三，這是從岸邊眺望自己出海之處。這三句詩讓人感動。當我們去讀高行健的《靈山》，去看他的戲劇的時候，不得不說這樣的詩是來自知己的解讀。

其實每個人都在尋找；每個人都經歷著與永恆問題相遇，而無從相處的困境；每個人都有鄉愁，心有多大，回到故鄉的路就有多長。幸運的是，沒有祖國，沒有故鄉的高行健，卻有這樣的一群朋友在自己七十歲生日之際一起審視走過的藝術之旅，並祝福明天未知的道路。

自省與創造

每個真正的作家都有自己的世界，如同宿命一般，不存在選擇，而是必須接受。因此，即使全世界都拒絕，真正的作家依然無法違背自己的心去創造。高行健顯然是坦誠又孤單的承擔了自己的世界。

我在後排靜靜的看著他的實驗電影《洪荒之後》。充滿禪意，卻又越出各家門派的高氏水墨畫和舞者富含表情的肢體語言，在壓抑又極具張力的背景音樂下融為一體。這樣的電影，即使是坎城影展的評審也以超出了他們的藝術想像力為理由而拒絕。

洪荒是災難，災難之後會是什麼呢？在電影中，我看到了空。空卻不是災難的結束，而是一切災難可能性凝結成的困境。或許是對死亡的恐懼，或許是對虛無的抵抗，但在這樣黑白的困境中，人的尊嚴與美感卻伴隨著壓抑和孤獨同時出現。這樣的電影，坦白說，看起來並不舒服。沒有角色，沒有故事，沒有對白，但同時，也沒有了界線，沒有了標籤。

高行健最新的舞蹈詩劇《夜間行歌》同樣是無法界定，前所未見的。舞臺上共有四個人物，主人公用第三人稱「她」來敘述，大段的內心獨白剖析著當代女性的感受和思考。兩個舞者，分別是憂鬱的舞者和有活力的舞者，演繹著主人公情緒的轉換。還有一位如丑角一般的樂師，由男性扮演，則是女主人公的參照。雖然沒有臺詞，卻用音樂表達著或同情或嘲弄的來自男性視角的態度。整個劇沒有具體的人物，甚至沒有「我」，連扮演者本人都是與角色分裂的。

臺詞充滿詩意與哲理，但同樣也是殘忍的。在這個需要謊言的潤滑才能正常運作的世界，這樣的劇本難免讓觀眾無從評說。在沒有固定情節，只有情緒的表演裡，一切可能發生的都找到了心靈的認同，卻找不到現實的歸屬。

而角色與角色之間的分離，甚至是自我與自我的矛盾中都可以讀到目前我們這個世界很嚴重的身心分離的狀況。我們的身體越來越不是一個載體，而是一個牢籠。這樣的用人稱轉換來表達自省所構成的疏離狀態，在高行健的代表作《靈山》中也同樣可以看到。除了人稱的不合傳統，那跳躍的情節，詩化的甚至是混亂的語言，也讓習慣傳統小說閱讀的人們無從追隨。

人們總對無法命名的事物感到恐懼，這就是為什麼從高先生最初的先鋒派戲劇到之後的小説與電影，幾乎都遭遇了不同程度的禁播與排斥。但同時，也是那無法命名的事物，拓展了我們的認識與心靈，這或許可以解釋為什麼瑞典科學院對高行健的創作評價為：「具普遍價值、刻骨銘心的洞察力和語言的豐富機智，為中文小説藝術和戲劇開闢了新的道路。」

從藝術表現上説，這是一種了不起的創新，但這創新所生發的土壤「自省」卻是人類一直面對的問題。自省讓人走向分裂，也可以讓人走向完整。而分裂，一種在人生的旅程中和各個維度的自我拉開距離來進行發現的方式，在高行健的作品中反覆的出現。但作為藝術門外漢的我，卻忍不住要祝願高先生能夠在七十歲之後以開拓者的創造力和大師的寬容尋找走向完整之路，那必然是另一番藝術的勝景。

結語

高行健先生作品研討會開始之初，馬建説：這是一個歷史事件，寫篇文章吧。原想對於這樣的大師，我不該在未謀面時妄加猜測，更不敢在欣賞他的作品後妄加評論，總要借這難得的機會深入的採訪一下才好動筆。無奈，周圍的人太多，唯一一次在樓梯口想問問題，亦被以放大鏡觀看高先生指紋的人打斷。於是我一直都坐在後排，或角落，只是觀察。在高行健先生七十歲之際，我衷心祝願他生日快樂，也請他包涵我的以上的童言無忌。

節目日程及相關報導

SOAS
SOAS Centre of Chinese Studies
Realms of the Spirit in
Xingjian's Literature and Art
posium and Film Showcase of a Nobel Laureate
4 January : 2pm - 8pm
5 January : 3.30pm - 8pm
Brunei Gallery Lecture Theatre
Basement, Brunei Gallery, SOAS,
hornhaugh Street, Russell Square, London WC1H 0XG
Speakers include:
Gao Xingjian
Sinologist Noël Dutrait
Poet Yang Lian
Sinologist Mary Mazzilli
Writer Chen Maiping
Novelist Ma Jian
Further Information
Contact the Centres & Programmes team on
events@soas.ac.uk or Tel: 020 7898 4892/3
ttp://www.soas.ac.uk/Gao-Xingjian70
Organised by:
tres & Programmes (SOAS) & Independent Chinese PEN Centre
Sponsor: Chinese Business Gazette & SOAS
Centre of Chinese Studies: http://www.soas.ac.uk/chinesestudies/
Gao Xingjian
His Works and Thoughts
The 4th of January 2010,
is the 70th birthday of
Mr Gao Xingjian,
Nobel Laureate in Literature

SOAS Centre of Chinese Studies

Realms of the Spirit in

A Symposium and Film Showcase of a Nobel Laureate

Programme

4 January 2010

Chair: Michel Hockx (Professor of Chinese, SOAS)

2.00 pm	Welcome Speech by Professor Paul Webley, SOAS Director & Principal
2.30 pm	Screening of *After the Deluge*, a short film by Gao Xingjian
2.50 pm	Symposium begins
4.50 pm	Coffee and Tea
5.10 pm	Screening of *Silhouette/Shadow*, a long film by Gao Xingjian
7 – 8 pm	Book signing by Gao Xingjian

5 January 2010

Chair: Tianqi Liao (Director of Independent Chinese PEN Centre)

3.30 pm	Gao Xingjian introduces his new work *Ballade Nocturne* Translator: Claire Conceison Reader: Stephen Watts etc
4.30 pm	Screening of *Snow in August*, opera written and directed by Gao Xingjian
6.30 – 8 pm	Book signing by Gao Xingjian

The Symposium will be held in Chinese and English

Image: *La Fin du monde*, 2006, 240 x 350 cm, Gao Xingjian
Design: RB, Centres & Programmes, SOAS · 2009

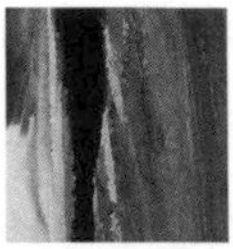

代感言：
走出二十世紀的陰影

高行健

走出二十世紀的陰影，這是一個太大的題目，雖然也涉及文學，卻遠非限於文學創作，也不只是作家的事情。上一世紀留下的沉重的教訓遠沒有足夠的認識，仍然在左右人們的思想。這裡僅就當今文學的創作，提出一些問題，同大家討論。

中國五四以來的新文學運動，西方現代思潮的引入，文學革命導致革命文學。文學介入政治，又蛻變為政治干預文學，甚至把文學變成宣傳工具。而政黨政治的政治正確則把文學變成政治的點綴。政治對文學的干預至今仍在影響當代的文學。

政治背後的意識形態也同樣還在牽制文學。西方二十世紀的兩大主要思潮，其一，泛馬克思主義的社會主義；其二是自由主義，一直持續到今天。作家受到意識形態的影響，用文學作社會批評，企圖用文學來改造世界。

十七年前我在《聯合報》系舉辦的中國文學四十年的研討會上，提出沒有主義，也即文學超越政治，擺脫意識形態，恢復文學本來具有的認知和審美的功能。文學超越政治，不受意識形態的牽制，關照的是人情人性，對人類生存留下見證。其實，自古以來，東方西方都如此。從《詩經》、《楚辭》到唐詩、宋詞、元曲和明清大部分的小說，直至《紅樓夢》。從古希臘悲劇與喜劇到但丁的《神曲》、莎士比亞的戲劇、巴爾扎克和杜斯妥也夫斯基的小說。而西方現代文學也還有卡夫卡、喬伊斯和貝克特堅持這種不介入政治、不受意識形態的牽制獨立自主的文學。

這種文學不以社會批判為前提，不企圖改造世界，也不去設置烏托邦，不提出救世的藥方，也不作道德的審判，只見證人類的生存困境和人性的複雜。

十九世紀末尼采的超人哲學，自我的無限膨脹，也成了二十世紀的一種時代病。一些知識分子充當起救世主、正義的化身、人民的代言這種虛妄的角色。相當一批作家介入政治，把文學作為鬥爭的武器，結果不僅使自己淪為政治鬥爭的祭品，也犧牲了文學。

作家不如回到個人的聲音，冷靜觀察社會，同樣也觀審自我，寫出來的作品才更貼近真實。從空洞的人權和人道的政治話語，回到脆弱的有種種弱點的實實在在的活人，去書寫真實的人生經驗，把人真實的感受注入到作品中，從而留下人生和時代的見證，日後還禁得起一讀再讀。

文學還得從所謂科學的歷史主義和社會進化論中解脫出來，至於人類社會往何處去，無法預言。現實的荒誕與存在的非理性都實實在在，並非出於思辨。

不預設前提，不重建烏托邦，代之以質疑，倒導致認知。作家不如作為觀察家，而文學留下的是人類生存的見證。

從辯證法否定的否定的模式中解脫出來，擺脫文學藝術的不斷革命。

文學的革新無須割斷傳統，就方法論而言，從對文學藝術本身的機制中去找尋革新的可能，更為扎實。

現代性已變成僵死的教條，不能代替文學作品作價值判斷，也不是文學批評唯一的標準，不過是二十世紀的一個時代性標記。

真實與否，對人世和人性的認知是否深刻，才是文學固有的價值判斷。

後現代以顛覆作為策略，只是一種觀念的遊戲，唯新是好，已變成做秀和廣告，一種商品的推銷術，並不構成對社會的批評。語義的解構既不能取代創作，也不能取代文學批評。

作家同作品永遠聯繫在一起，不可能因評論家的論說便死去，只要作品還有人讀，作者就在作品背後言說。文學藝術的歷史並非不斷打倒前人，文學作品中的思想和意義不可能因此消解，歷史也沒有終結。

從二十世紀的陰影裡走出來，回到人和人性。回到活生生的個人，而非關人的種種觀念。從人的感受和經驗出發，見證人類的生存困境和人性的複雜。

認識再認識，而非否定和打倒前人。文學不可能終結，而人的認知也沒有止境。

現今這時代，政治已侵入到社會生活的各個領域，全球化把文化也充分商品化，文學面對充斥政黨政治和廣告鋪天蓋地的新聞媒體，其位置何在？作家又如何才能贏得獨立思考、自由表述的空間？這才是作家該關心的問題。

這種文學不以社會批判為前提，恢復文學的認知功能，只面對真實的人生，見證大千世界的眾生相。

這種文學不受黨派政治的干擾，冷靜關注人類的生存困境。只陳述而不訴諸是非和倫理的判斷。

這種文學不去跟隨媒體的取向，不追求時尚，不投合市場的趣味，獨立不移，以個人的聲音對世界發言。

這種文學落到真實的人，一個個脆弱的、有種種弱點的而又實實在在的活人，而非抽象的關於人的理念或捏造出來虛假的完人或新人。

這種文學努力在政黨政治、新聞媒體和商業廣告之外，尋求的是個人自由思想的空間。

這種文學超越種種現實的功利，只訴諸審美判斷，並以此來確認人的價值，且留下見證。

這種文學也是對人自身的觀審，探究人性的幽深，從而展示人的生存之痛與困惑。

這種文學之所以必要，也是人對人之為人的確認。

這種文學當然無疑是對人的生存環境的認知，也是個人對社會的挑戰，又是人的意識的覺醒。

這種文學其實由來已久，而且應該說正是文學的源起，只不過自二十世紀以來，被政治弄得喪失了本性，又掉進現實的功利場，弄得難以脱身。

嚴格説來，這種既非政治的工具和點綴也非文化商品的文學，才是文學的正宗，才值得作家以畢生的精力投入而不計報償。

也正是這樣的文學才留下了一部部文學的經典，構成了文學的歷史。當歷代的政權每一次權力的更替都改寫一遍歷史，而這種文學作品一旦發表便不再修改，而且經久不衰，其價值與可讀性也就在這裡。

我想在座的諸位作家都是從兒時起就受到這樣的文學的薰陶，才走上了這條筆耕之道，而且一往無悔。現今大家聚集一堂，要維護的想必也是這樣的文學。

（本文是作者二〇一〇年在臺灣舉行的世界華文文學高峰會議上的演講提綱）

高行健作品年表

書名	年份	出版社
《現代小說技巧初探》（論文集）	一九八一年	廣州，花城出版社
《有隻鴿子叫紅唇兒》（中篇小說集）	一九八五年	北京出版社
《高行健戲劇集》（劇作集）收入《絕對信號》《車站》《野人》《獨白》《現代折子戲四齣》	一九八五年	北京，群眾出版社
《對一種現代戲劇的追求》（論文集）	一九八七年	北京，中國戲劇出版社
《給我老爺買魚竿》（短篇小說集）	一九八九年	台北，聯合文學出版社
《靈山》（長篇小說）	一九九〇年	台北，聯經出版社
《山海經傳》（劇作）	一九九三年	香港，天地圖書公司
《對話與反詰》（劇作，中法文對照）	一九九三年	法國，外國作家出版社

《高行健戲劇六種》（劇作集） 一集《彼岸》 二集《冥城》、《聲聲慢變奏》 三集《山海經傳》 四集《逃亡》 五集《生死界》、《對話與反詰》 六集《夜遊神》	一九九五年	台北，帝教出版社
《沒有主義》（論文集）	一九九五年	香港，天地圖書公司
《周末四重奏》（劇作）	一九九六年	香港，新世紀出版社
《一個人的聖經》（長篇小說）	一九九九年	台北，聯經出版公司
《八月雪》（劇作）	二〇〇〇年	台北，聯經出版公司
《周末四重奏》（劇作，修訂本）	二〇〇一年	台北，聯經出版公司
《另一種美學》（美學評論，畫冊）	二〇〇一年	台北，聯經出版公司
《論創作》	二〇〇八年	台北，聯經出版公司
《論戲劇》	二〇一〇年	台北，聯經出版公司
《靈山》（諾貝爾文學獎得獎十周年紀念新版）	二〇一〇年	台北，聯經出版公司
《遊神與玄思——高行健詩集》	二〇一二年	台北，聯經出版公司

高行健戲劇與電影創作年表

整理：陳嘉恩

劇作

完成年份	劇作	發表年份	刊物／出版社	出版地
一九八二	《絕對信號》	一九八二	《十月》一九八二年第五期	北京
		一九八五	《高行健戲劇集》群眾出版社	北京
		二〇〇一	聯合文學出版社	台北
一九八三	《車站》	一九八三	《十月》一九八三年第三期	北京
		一九八五	《高行健戲劇集》群眾出版社	北京
		二〇〇一	聯合文學出版社	台北
一九八四	《現代折子戲》（〈躲雨〉、〈模仿者〉、〈喀巴拉山口〉、〈行路難〉）	一九八四	《鐘山》一九八四年第四期	南京
		一九八五	《高行健戲劇集》群眾出版社	北京

一九八五	《獨白》	一九八五	《新劇本》一九八五年第一期	北京
		一九八五	《高行健戲劇集》群眾出版社	北京
		二〇〇一	聯合文學出版社	台北
一九八五	《野人》	一九八五	《十月》一九八五年第二期	北京
		一九八五	《高行健戲劇集》群眾出版社	北京
		一九九五	《高行健戲劇六種》帝教出版社	台北
		二〇〇一	聯合文學出版社	台北
一九八六	《彼岸》	一九八六	《十月》一九八六年第五期	北京
		一九九五	《高行健戲劇六種》帝教出版社	台北
		二〇〇一	聯合文學出版社	台北
一九八七	《冥城》	一九八九	《女性人》一九八九年第一期	台北
		一九九五	《高行健戲劇六種》帝教出版社	台北
		二〇〇一	聯合文學出版社	台北
一九八八	《聲聲慢變奏》	一九九〇	《女性人》一九九〇年第九期	台北
		一九九五	《高行健戲劇六種》帝教出版社	台北
		二〇〇一	聯合文學出版社	台北

完成年份	劇作	發表年份	刊物／出版社	出版地
一九八九	《山海經傳》	一九九三	天地圖書有限公司	香港
		一九九五	《高行健戲劇六種》帝教出版社	台北
		二〇〇一	聯合文學出版社	台北
一九八九	《逃亡》	一九九〇	《今天》一九九〇年第一期	斯德哥爾摩
		一九九五	《高行健戲劇六種》帝教出版社	台北
		二〇〇一	聯合文學出版社	台北
一九九一	《生死界》	一九九一	《今天》一九九一年第一期	斯德哥爾摩
		一九九五	《高行健戲劇六種》帝教出版社	台北
		二〇〇一	聯合文學出版社	台北
一九九二	《對話與反詰》	一九九三	《今天》一九九三年第二期	斯德哥爾摩
		一九九五	《高行健戲劇六種》帝教出版社	台北
		二〇〇一	聯合文學出版社	台北

一九九三	《夜遊神》	二〇〇一	聯合文學出版社	台北
一九九五	《周末四重奏》	一九九六	新世紀出版社	香港
		二〇〇一	聯經出版公司	台北
一九九七	《八月雪》	二〇〇〇	聯經出版公司	台北
二〇〇〇	《叩問死亡》	二〇〇四	聯經出版公司	台北
二〇〇七	《夜間行歌》	二〇一〇	《聯合文學》二〇一〇年第四期	台北

有關戲劇的論著

發表年份	書名	出版社	出版地
一九八八	《對一種現代戲劇的追求》	中國戲劇出版社	北京
一九九六	《沒有主義》	香港天地圖書公司	香港
二〇〇八	《論創作》	聯經出版公司	台北
		明報月刊出版社	香港
二〇一〇	《論戲劇》	聯經出版公司	台北

戲劇演出

年份	劇名	地區	劇場／演出團體
一九八二	《絕對信號》	北京	人民藝術劇院
一九八三	《車站》	北京	人民藝術劇院
一九八四	《車站》	南斯拉夫 Yugoslavia	不詳
一九八五	《野人》	北京	人民藝術劇院
一九八六	《車站》	香港	第四濺劇社
一九八六	《車站》	倫敦 London（英國）	Litz Drama Workshop
一九八七	《躲雨》	斯德哥爾摩 Stockholm（瑞典）	Kungliga Dramastika Teatern
一九八八	《野人》	漢堡 Hamburg（德國）	Thalia Theater
一九八八	《冥城》	香港	香港舞蹈團
一九八九	《聲聲慢變奏》	紐約 New York, NY（美國）	Guggenheim Museum
一九九〇	《彼岸》	台北	國立藝術學院

一九九〇	《車站》	維也納 Vienna（奧地利）	Wiener Unterhaltungs Theater
一九九〇	《野人》	香港	海豹劇團
一九九二	《逃亡》	斯德哥爾摩	Kungliga Dramatiska Teatern
一九九二	《逃亡》	紐倫堡 Nuremberg（德國）	Staatstheater Nürnberg
一九九二	《絕對信號》	台北	果陀劇場
一九九二	《對話與反詰》	維也納	Theater des Augenblicks
一九九三	《生死界》	巴黎 Paris（法國）	Le Rond-point, Théâtre Renaud-Barrault
一九九三	《生死界》	阿維農 Avignon（法國）	Festival d'Avignon
一九九三	《生死界》	悉尼 Sydney（澳大利亞）	Centre for Performance Studies, University of Sydney
一九九四	《生死界》	弗羅里 Veroli（義大利）	Dionsya Festival Mondial de Théâtre
一九九四	《逃亡》	波茲南 Poznan（波蘭）	Teatr Polski
一九九四	《逃亡》	法國	La Compagnie RA
一九九五	《逃亡》	圖爾 Tours（法國）	Le Centre national dramatique de Tours

年份	劇名	地區	劇場／演出團體
一九九五	《彼岸》	香港	香港演藝學院
一九九五	《對話與反詰》	巴黎	Théâtre Molière
一九九六	《生死界》	格丁尼亞 Gdynia（波蘭）	Teatr Miejski
一九九七	《逃亡》	東京 Tokyo（日本）	龍之會
一九九七	《生死界》	紐約	Theater for the New City
一九九八	《逃亡》	東京	俳優座劇團
一九九八	《車站》	克盧日－納波卡 Cluj-Napoca（羅馬尼亞）	Théâtre hongrois de cluj
一九九八	《逃亡》	貝寧 Bénin 及象牙海岸 Côte d’Ivoire	Atelier Nomade
一九九九	《夜遊神》	阿維農	Théâtre des Halles
一九九九	《車站》	橫濱 Yokohama（日本）	月光舍
一九九九	《對話與反詰》	波爾多 Bordeaux（法國）	Scène Molière d’Aquitaine
一九九九	《對話與反詰》	巴黎	Théâtre Molière

二〇〇一	《生死界》	斯德哥爾摩	Kungliga Dramatiska Teatern
二〇〇一	《生死界》《對話與反詰》	阿維農	Théâtre des Halles
二〇〇一	《彼岸》	伊利 Erie, PA（美國）	Schuster Theater, Gannon University
二〇〇一	《彼岸》	悉尼	Downstairs Theatre, Seymour Centre
二〇〇一	《彼岸》	紐約	Stone Soup Theater Arts, Marymount Manhattan College
二〇〇一	《彼岸》	牛津 Oxford, OH（美國）	Miami University
二〇〇二	《生死界》	印第安納波里 Indianapolis, IN（美國）	Butler University
二〇〇二	《生死界》	香港	無人地帶劇團（粵語演出）
二〇〇二	《八月雪》	台北	國家劇院
二〇〇二	《逃亡》	溫哥華 Vancouver（加拿大）	Western Theater
二〇〇二	《絕對信號》	首爾 Seoul（南韓）	不詳

年份	劇名	地區	劇場／演出團體
二〇〇三	《車站》	布達佩斯 Budapest（匈牙利）	Théâtre de la Chambre Holdvilag
二〇〇三	《車站》	安那堡 Ann Arbor, MI（美國）	Arena Theater, University of Michigan
二〇〇三	《逃亡》	新特拉 Sintra（葡萄牙）	Compahia de teatro de Sintra
二〇〇三	《彼岸》	洛杉磯 Los Angeles, CA（美國）	The Sons of Beckett Theater Company, Hollywood
二〇〇三	《彼岸》	悉尼	Downstairs Theatre, Seymour Centre
二〇〇三	《彼岸》	維頓 Wheaton, IL（美國）	The Theater Department, Wheaton College
二〇〇三	《夜遊神》	漢諾威 Hanover, NH（美國）	Dartmouth University
二〇〇三	《夜遊神》	戴維斯 Davis, CA（美國）	Theater and Dance Department, University of California at Davis
二〇〇三	《夜遊神》	墨西哥城 Mexico City（墨西哥）	Teatro La Capilla

二〇〇三	《對話與反詰》	悉尼	The Cellar Theatre, University of Sydney
二〇〇三	《對話與反詰》	埃德蒙頓 Edmonton（加拿大）	The Drama Department, University of Alberta
二〇〇三	《生死界》	納沙泰勒 Neuchâtel（瑞士）	Théâtre des gens
二〇〇三	《生死界》	香港	無人地帶劇團（英語演出）
二〇〇三	《周末四重奏》	紐約	The Play Company
二〇〇三	《周末四重奏》	巴黎	Comédie Française
二〇〇三	《叩問死亡》	馬賽 Marseille（法國）	Théâtre du Gymnase
二〇〇四	《彼岸》	波士頓 Boston, MA（美國）	Boston University
二〇〇五	《八月雪》	馬賽	Opéra de Marseille
二〇〇五	《生死界》	巴尼厄 Bagneux（法國）	Théâtre Victor Hugo
二〇〇五	《夜遊神》	亞登 Adenne（希臘）	East West Center
二〇〇六	《對話與反詰》	威尼斯 Venice（義大利）	La Biennale di Venizia
二〇〇六	《彼岸》	歐里亞克 Aurillac（法國）	Festival d'Aurillac

年份	劇名	地區	劇場／演出團體
二〇〇六	《逃亡》	聖米尼亞多San Miniato（義大利）	Teatrino dei Fondi
二〇〇六	《絕對信號》 《車站》 《生死界》	首爾	Theater Bando
二〇〇六	《彼岸》	布萊克斯堡Blacksburg, VA（美國）	Virginia Technical Institute and State University
二〇〇七	《逃亡》	巴勒莫Palermo（義大利）	Teatro Libero
二〇〇七	《生死界》	巴黎	Compagnie Niza
二〇〇七	《彼岸》 《夜遊神》 《逃亡》選段	聖母鎮Notre Dame, IN（美國）	Notre Dame University
二〇〇七	《彼岸》	昆西Quincy, MA（美國）	Eastern Nazarene College
二〇〇七	選段	克里夫蘭Cleveland, OH（美國）	Cleveland Public Theater
二〇〇八	《生死界》	馬德里Madrid（西班牙）、玻利維亞Bolivia、祕魯Peru	Alliance francaise

二〇〇八	《逃亡》	馬德里	Teatro Lagrada
二〇〇八	《逃亡》	巴拉姆 Palmo（義大利）	Teatro Incontrojione
二〇〇八	《山海經傳》	香港	眾劇團（爲香港中文大學「高行健藝術節」製作）
二〇〇八	《彼岸》	芝加哥 Chicago, IL（美國）	Halcyon Theater
二〇〇八	《彼岸》	美國	Gustavo Theater
二〇〇八	《彼岸》	匹茲堡 Pittsburgh, PA（美國）	Carnegie Mellon University
二〇〇八	《彼岸》	普洛維登斯 Providence, RI（美國）	Leeds Theater, Brown University
二〇〇八	《彼岸》	斯沃斯莫爾 Swarthmore, PA（美國）	Swarthmore College
二〇〇八	《彼岸》	紐約	The City University of New York
二〇〇九	《車站》	杜林 Turin（義大利）	Teatro Borgonuovo de Rivoli
二〇〇九	《逃亡》	拉里奧哈 La Rioja（西班牙）	Compagnie Artistas Y, Festival Actuel de La Rioja
二〇〇九	《夜間行歌》	米蘭 Milan（義大利）	La Milanesiana

二〇〇九	《夜間行歌》	巴尼尼	Compagnie SourouS
二〇〇九	《生死界》	埃武拉 Évora（葡萄牙）	A Bruxa Teatro
二〇〇九	《生死界》	布魯塞爾 Brussels（比利時）	Bozar Thoatre
二〇一〇	《生死界》《夜間行歌》	巴黎	Théâtre de l'Epée de Bois, Cartoucherie

電台廣播

年份	劇名	廣播地區	製作／廣播團體
一九八四	《車站》	匈牙利	Radio Nationale de Hongrie
一九九二	《逃亡》	英國	BBC, Royaume-Uni
一九九三	《生死界》	法國	Radio France Culture
一九九六	《逃亡》	法國	Radio France Culture
一九九七	《生死界》	美國	Radio Free Asia
一九九八	《對話與反詰》	法國	Radio France Culture

二〇〇〇	《周末四重奏》	法國	Radio France Culture
二〇〇〇	《獨白》	瑞典	Sveriges Radio
二〇〇三	《周末四重奏》	香港、英國 澳大利亞 紐西蘭 愛爾蘭、美國	香港電台為“Worldplay 4 International Festival”製作：英國BBC、加拿大CBC、澳大利亞ABC、紐西蘭RNZ、愛爾蘭RTE、美國LA Theatre Works及香港電台聯播。
二〇〇四	《車站》	波蘭	Radio Polonaise

電影製作

年份	戲名	導演	片長
二〇〇六	《側影或影子》	高行健、Alain Melka及Jean-Louis Darmyn	一二八分鐘
二〇〇八	《洪荒之後》	高行健	二十八分鐘

聯經評論

逍遙如鳥：高行健作品研究

2012年6月初版　　定價：新臺幣290元

編　者　楊　煉
發行人　林載爵

叢書主編　邱靖絨
特約編輯　楊煥鴻
校　對　吳美滿
內頁設計　江宜蔚
封面設計　羅心梅
封面水墨　高行健

出版者　聯經出版事業股份有限公司
地址　台北市基隆路一段180號4樓
編輯部地址　台北市基隆路一段180號4樓
叢書主編電話　(02)87876242轉224
台北聯經書房：台北市新生南路三段94號
電話：(02)23620308
台中分公司：台中市健行路321號
暨門市電話：(04)22371234ext.5
郵政劃撥帳戶第0100559-3號
郵撥電話：(02)23620308
印刷者　世和印製企業有限公司
總經銷　聯合發行股份有限公司
發行所：台北縣新店市寶橋路235巷6弄6號2樓
電話：(02)29178022

行政院新聞局出版事業登記證局版臺業字第0130號

本書如有缺頁，破損，倒裝請寄回台北聯經書房更換。　ISBN 978-957-08-4007-0 (平裝)
聯經網址：www.linkingbooks.com.tw
電子信箱：linking@udngroup.com

本書收錄文章之作者與譯者如有無法聯繫上者，請逕與出版社聯繫。

國家圖書館出版品預行編目資料

逍遙如鳥：高行健作品研究/楊煉編．
初版．臺北市．聯經．2012年6月（民101年）．
240面．14.8×21公分（聯經評論）
ISBN 978-957-08-4007-0（平裝）

1.高行健　2.學術思想　3.文藝評論

848.7　　101010009